As estrelas sempre brilham acima das nuvens escuras

PAT MÜLLER

As estrelas sempre brilham acima das nuvens escuras

Copyright © 2024 por Pat Müller

Todos os direitos reservados e protegidos pela Lei 9.610, de 19/02/1998.

É expressamente proibida a reprodução total ou parcial deste livro, por quaisquer meios (eletrônicos, mecânicos, fotográficos, gravação e outros), sem prévia autorização, por escrito, da editora.

Edição
Daniel Faria

Revisão
Ana Luiza Ferreira

Produção
Felipe Marques

Diagramação
Gabrielli Casseta

Ilustração de capa
Ana Bizuti

Capa
Jonatas Belan

CIP-Brasil. Catalogação na publicação
Sindicato Nacional dos Editores de Livros, RJ

M924e

    Müller, Pat
       As estrelas sempre brilham acima das nuvens escuras / Pat Müller. - 1. ed. - São Paulo : Mundo Cristão, 2024.
    168 p.

    ISBN 978-65-5988-326-4

    1. Ficção cristã. 2. Ficção brasileira. I. Título.

24-91755   CDD: 869.3
                              CDU: 82-97(81):27

Gabriela Faray Ferreira Lopes - Bibliotecária - CRB-7/6643

Publicado no Brasil com todos os direitos reservados por:

Editora Mundo Cristão
Rua Antônio Carlos Tacconi, 69
São Paulo, SP, Brasil
CEP 04810-020
Telefone: (11) 2127-4147
www.mundocristao.com.br

Categoria: Literatura
1ª edição: julho de 2024 | 2ª reimpressão: 2025

Para I. L. S. (*in memoriam*),
a quem sempre serei grata pelas memórias.
E para você, que ainda olha para trás:
está na hora de olhar para a frente.

Ame alguma coisa e seu coração certamente ficará apertado e possivelmente partido. Se quiser ter certeza de que seu coração ficará intacto, não deve oferecê-lo a ninguém, nem mesmo a um animal. [...] O único lugar fora do céu onde você pode ficar perfeitamente seguro de todos os problemas e perturbações do amor é o inferno.

C. S. Lewis, *Os quatro amores*

As
estrelas
sempre
brilham
acima das
nuvens
escuras

1
O ENVELOPE, A RABANADA E O GUARDA-CHUVA

Amanda e eu estamos há dez minutos encarando a caixa, sentadas em nossa mesa favorita da padaria ao lado do shopping. O cheiro de café nos rodeia, e as paredes pintadas de um amarelo clarinho refletem a luz do final da tarde que entra pelas janelas brancas de guilhotina.

— E se ela estava tentando se livrar de algo ilegal e deu para você, Vicky? — Amanda pega a caixa retangular, leva até a altura do rosto e a balança, fazendo soar um barulho de coisa pesada. Um senhor na mesa ao lado para de ler o jornal e me encara.

— Era uma senhorinha! Você a viu! — levo a mão até a boca e a cubro, sussurrando. — E, por favor, fale mais baixo.

No canto perto de nós, um homem que segura a mão da namorada nos observa de rabo de olho. Amanda dá de ombros, ignorando meu pedido e a atenção do público.

— Cuidado com estereótipos — ela larga a caixa na mesa e a empurra na minha direção, mas não diminui o tom de voz. — Eu assisto àqueles programas de pessoas que levam coisas ilegais aos aeroportos e sempre fico surpresa. Vai... abre logo — implora com voz de choro.

— Acho melhor jogar fora sem abrir — pego a caixa e confiro o peso.

— Isso seria pior ainda — ela se debruça sobre a mesa. — Imagine só: você, com quarenta anos, banguela, lembrando-se desse dia e se martirizando — ela projeta o queixo para a frente e faz a imitação barata de uma voz idosa: — *Ah, se eu soubesse o que havia naquela caixa.*

— Primeiro — suspiro —, eu não vou estar banguela aos quarenta anos de idade, eu cuido muito bem dos meus dentes, obrigada. — Abro a boca, mostrando dentes alinhados, fruto de um longo tratamento com aparelho odontológico, além de baixo consumo de açúcar e de industrializados. — Segundo, não deve ser nada, só mais uma dessas lembrancinhas de plástico que acabam poluindo o rio — olho para a caixa mais uma vez. — Quer dizer, não será o caso, porque vou mandar para a reciclagem, óbvio.

— Mas como você vai enviar para a reciclagem sem saber o que tem aí dentro? — ela cruza os braços em uma pose de quem diz "a-há, te peguei".

— Meninas — a dona da padaria se aproxima com a bandeja cheia de doces de Natal e duas xícaras de chocolate quente —, o que vocês tanto admiram nessa caixa de presente?

— A Vicky não quer...

— Não é nada de mais, é só um presente — olho para Amanda, repreendendo-a com o olhar que só ela conhece.

— Sei... — a mulher deposita nossos doces na mesa. — Deve ser um presente de um admirador secreto, e parece ser bem caro — ela nos fita por um segundo. — Ah, a adolescência! Que tempo bom. Queria voltar para essa época.

E sai antes que Amanda tenha a chance de retrucar que não é a dona do presente.

— E se ela contar para o Rafael que eu estive aqui, abrindo presentes de admiradores? — pergunta, preocupada.

— Ah, tenha dó! Ela não vai falar com o Rafael. Aliás, ele já veio aqui alguma vez?

Amanda balança a cabeça em negativa.

— Então pare de se preocupar com coisa à toa, isso é irritante — dou um gole no meu chocolate quente, mas o gosto parece outro.

Um momento de silêncio se instala em nossa mesa. Amanda também beberica seu chocolate, mas a paciência dela não se estende por muito tempo. Quando dou por mim, preciso me esquivar da caixa que minha amiga está empurrando contra o meu rosto.

— Olha, vamos abrir logo, por favor? Essa coisa toda de não saber o que tem aí tá atrapalhando até o gosto do chocolate quente.

Olho para o embrulho na mão dela.

— Não sei... parece ser caro demais, eu não deveria ter aceitado.

— Agora é tarde. O que vai fazer? Colocar um anúncio no Instagram? Se eu fosse você, já teria aberto e acabado com essa aflição.

— A senhorinha nem me deu a chance de devolver, saiu toda apressada. Se ao menos eu soubesse o nome dela...

— Amiga, se concentre no que você tem agora. Não adianta ficar criando teorias. Qualquer pessoa normal já teria aberto esse presente!

Suspiro e acabo concordando. Pego a caixa com cuidado. A essa altura, não tenho opção mesmo.

— Talvez nem seja nada de mais e eu tô aqui, causando toda essa comoção — desfaço o nó de cetim vermelho. — E, se for algo muito estranho, eu posso jogar fora, não é?

Amanda faz que sim com a cabeça sem tirar os olhos da caixa em minhas mãos. O papel colorido está grudado com um pedacinho de fita, que eu removo delicadamente.

— É uma caixinha bonita — Amanda fala quando o embrulho está completamente desfeito.

— Realmente. E, sem dúvidas, não é uma caixa de bombom — observo a caixa bordô de diferentes ângulos. — Não há nada escrito.

— Estranho... isso é coisa de presente caro — solta minha amiga, que, a essa altura, já nem pisca.

Giro a caixa, procurando pela maneira correta de abrir. Então, finalmente puxo a aba que a mantém fechada, retirando a tampa por completo. Meus olhos encaram o objeto no interior da embalagem com um misto de surpresa e senso de humor.

— O que é? — Amanda quase grita.

Puxo para fora o guarda-chuva vermelho.

— Um guarda-chuva? — Amanda balança a cabeça em desapontamento. — Quem dá um guarda-chuva de presente nesta época do ano? Nem acredito que demoramos esse tempo todo para abrir isso.

— É um presente muito útil — solto uma gargalhada de alívio —, eu nunca ouvi falar de alguém que ganhou um guarda-chuva no Natal.

— Nem eu.

Minha amiga volta a tomar seu chocolate quente sem desfazer a cara de frustração. Faço o mesmo e fecho os olhos, enquanto sinto o gosto de canela preencher minha boca.

— Hum, delicioso como sempre! — comemoro e, com prazer, lambuzo a mão no açúcar ao pegar uma rabanada.

— O que você vai fazer com ele? — Amanda aponta com a cabeça o guarda-chuva que descansa sobre a minha bolsa.

Prendo o riso entre os dentes. Acho que esse dia vai ficar sempre registrado na minha memória como o dia em que ficamos com medo de desembalar um guarda-chuva.

— Sei lá, usar quando chover?

Ela revira os olhos e se remexe com um olhar esquisito.

— Agora que isso tá resolvido, vamos voltar a falar do assunto que interessa — dispara.

— *Que xeria?* — pergunto com a boca cheia.

— Pedro.

Engulo minha rabanada depressa.

— Ai, Amanda, é sério? Deixa isso pra lá.

— Você e ele viviam trancafiados na biblioteca. Ele até conheceu seus pais naquela feira de matemática que vocês apresentaram juntos. Sério, não é possível que você tenha se esquecido dele assim! Além do mais, vocês dois combinam muito.

Apoio as costas da mão na testa, encarando-a desacreditada.

— Não sei por que falar dele agora. Vamos mudar de assunto?

— Você não tá me escondendo nada, tá? — Amanda me encara com a sobrancelha arqueada.

— Do que você...

— Vocês passavam tanto tempo juntos, é estranho que não tenha acontecido alguma coisa... um beijo, pelo menos um toque na mão...

Sinto minhas bochechas pegarem fogo.

— Se tivesse acontecido algo assim, você seria a primeira a saber — eu me inclino para conferir se não tem ninguém nos escutando e abaixo o volume da voz um pouco mais. — Você sabe que nunca beijei ninguém.

— A oportunidade não bateu à sua porta nenhuma vez? — Amanda pergunta.

— Bem...

— Sou toda ouvidos. Conta tudo.

Solto um suspiro e relaxo os ombros, dando-me por vencida.

— Teve uma vez...

Amanda arregala os olhos e se inclina em minha direção.

— Sim?!

— Ah, foi só uma situação boba.

— Pelo bem do meu coração, fale logo! — ela endireita a postura, apoiando as costas na cadeira, e leva a mão ao peito.

— Teve uma vez que ele me deu um presente.

— E você agradeceu com um abraço... um... um beijo na bochecha?! — ela bate palmas. — Que romântico.

Balanço a cabeça, cortando o barato dela.

— Não foi nada disso. Eu disse "muito obrigada". Só.

— Victória Eliza Moretti Duarte! — Amanda afunila os olhos — Que decepção. E o presente? O que era?

— Um livro.

— Claro, é óbvio — ela beberica o chocolate quente. — Tinha algum bilhete ou uma dedicatória?

— Ah, quanto a isso... — coço a cabeça.

— E aí, tinha?

— É que eu não lembro de ter aberto o livro.

— Como assim? — ela bate a mão na testa.

— Era uma edição especial de *O cavalo e seu menino*, minha preferida, mas eu já tinha uma igual, e ele não sabia.

— Mas e se ele te deixou uma carta revelando todos os seus sentimentos profundos e inesquecíveis na parte em que Shasta conhece Aravis?

Eu a observo boquiaberta.

— Olha, você lembra dos nomes!

— Não sei por que você parece tão surpresa, se eu te escuto falar desse livro desde criança. Enfim... — ela balança a mão no ar —, quando você chegar em casa, confere nessa edição. Tenho certeza de que ele deixou algo para você lá!

— Como você pode ter certeza?

— Por que eu tenho talento para essas coisas, sabe? Romance é comigo.

— Sei... — aperto os olhos para observá-la. Minha amiga tem um olhar doce concentrado no próprio chocolate quente. Ou Amanda é uma ótima atriz ou é a mais inocente das criaturas da face da terra. Voto na primeira opção. — Ele foi embora sem nem se despedir direito e nunca mais tentou contato.

— Não tentou contato? — ela esboça uma expressão confusa, mas de repente se interrompe, apoia as mãos na mesa e pergunta, em tom acusatório: — Você deu seu número para ele, Victória?

— Dei, sim — pondero —, só que errei os dois últimos dígitos.

— Logo você, que é tão dada aos números? — ela arqueia as sobrancelhas.

— Eu... eu fiquei nervosa, tá legal?

— *Ahhhhhh* — ela joga a cabeça para trás e ri alto. — O amor faz essas coisas mesmo.

— Pare de falar besteira — digo, abanando meu rosto com o cardápio que a dona da padaria esqueceu de recolher.

— Mas adivinha só, eu tenho uma coisinha aqui — ela tira um envelope amarelo pastel da bolsa.

Fixo os olhos no papel na mão dela, mas seguro a língua para esconder a curiosidade.

— Não quer saber o que é? — Amanda levanta o papel bem na frente do meu nariz.

— Pare com isso.

— Então posso jogar fora? — ela finge que vai amassar o papel, os olhos estreitados.

— Você pode fazer o que quiser — faço de conta que não me importo.

— Aff, você é toda sem graça — ela pega minha mão e deposita o envelope. — É para você. Um primo de um amigo de Rafael encontrou com o Pedro e pediu para entregar isso em suas mãos. Não sei em que século estamos, que o cara precisa enviar uma carta para a garota de quem ele gosta, sendo que existe rede social, telefone, táxi...

Sinto a textura do papel em minha mão e controlo a vontade de ler imediatamente. Guardo-o no bolso da calça, para desânimo da minha amiga, que solta um muxoxo.

— O que foi mesmo que você comprou de presente para o Rafa? — mudo de assunto.

— Você não vai acreditar. Uma moça muito simpática me ajudou. Ela parecia um cosplay de personagem de anime, em um vestido lindo, cheio de estrelas...

A estratégia de trazer o Rafael para o centro da conversa parece funcionar, porque Amanda passa a meia hora seguinte falando com animação sobre o presente que comprou para o namorado. Eu a repreendo pela péssima escolha de parcelar, mostrando que dessa forma a compra ficou mais cara. Depois, conversamos sobre o futuro, sobre o casamento com que ela está sonhando, vestidos de noiva e decorações de festa. Fico tão envolvida no assunto que, quando meu olhar distraidamente acaba pairando sobre o guarda-chuva que ganhei, por um segundo tenho a impressão de ver uma poeira brilhante se desprendendo do tecido vermelho. Pisco os olhos, e o pozinho desaparece. Devo estar muito perturbada mesmo! Imagino se estou enlouquecendo ou se, por acaso, não devo isso ao envelope amarelo que pesa no bolso da minha calça jeans.

FECHE O GUARDA-CHUVA QUANDO AS ESTRELAS MANDAREM

Na região onde moro, dezembro é uma época conhecida pela falta de chuvas. Não preciso nem comentar que o desmatamento desenfreado tem uma alta contribuição para isso. Acordar às sete horas da manhã com o sol ameaçando fritar nossos neurônios é comum por aqui.

Saio da cama e vou direto para o chuveiro. Através do vidro do box, vejo a calça jeans do dia anterior no cesto de roupa suja e lembro do envelope que recebi de Amanda. Ontem, no caminho do shopping para casa, recebi um convite para entrar no grupo de alunos da faculdade de economia, e isso me deixou nas nuvens. Esqueci completamente daquela história de romance! Me chame de obcecada pelos estudos, mas só de lembrar que pertenço a um grupo, sinto que posso flutuar. Entrar na faculdade é o primeiro passo para melhorar a situação da minha família e me redimir por...

Solto um suspiro, fecho o chuveiro e saio do box antes que as memórias me alcancem. Enquanto estou me secando, volto a olhar para a calça. É possível ver uma pontinha do envelope saindo do bolso. Ainda não me sinto pronta para ler, mas o tiro da roupa e jogo no interior da minha bolsa.

Volto para o quarto, pensando sobre o que vestir, quando um livro chama a minha atenção na estante. A lombada está desalinhada, mas não é isso que me atrai. *O cavalo e seu menino* sempre foi minha história preferida; meu avô a leu para mim quando eu era criança e, depois, reli-a inúmeras vezes. Retiro a edição da prateleira com cuidado. E se Amanda estiver certa?

Abro o exemplar e encaro a folha de rosto com o coração palpitando, mas logo vejo que se trata da *minha* edição de sempre. Vou até o capítulo final para confirmar. Ali está: uma mancha vermelho-sangue salpica a página. Não que seja sangue de verdade. É só o suco de framboesa que vovô deixou respingar uma vez. Mordo os lábios. Esse não é o presente do Pedro.

Procuro pelas prateleiras, revendo livros antigos, presentes especiais, edições herdadas do meu avô, algumas obras que havia separado para doação e que nunca doei, exemplares escritos por autoras nacionais que eu costumava seguir nas redes sociais, quando ainda as usava. Muitos livros, e nenhum deles é minha outra edição.

Decido deixar isso de lado e me concentrar nas tarefas do dia. Hoje, começo as leituras sugeridas para o primeiro semestre da faculdade e, para tanto, preciso passar na livraria do centro. Coloco o primeiro vestido que encontro ao abrir o guarda-roupa. Desço as escadas, deixo minha bolsa no cabideiro da entrada e vou para a cozinha. Quando chego, vejo vovó encher uma garrafa térmica com café enquanto cantarola em inglês, baixinho. A canção preferida dela, "Amazing Grace", ecoa dos alto-falantes e se mistura ao cheiro de biscoito recém-assado e ao calor que desprende do forno.

— Nossa, vovó! Nem amanheceu direito e você já tá planejando colocar fogo na casa? — digo, enquanto pego uma das bolachas de nata no cesto em cima da mesa e me sento na cadeira mais próxima.

— Bom dia, Victória! Eu sou pentecostal, esqueceu? — ela se aproxima e estala um beijo na minha testa. — Quer um cafezinho? — pergunta ao girar a tampa da garrafa. Depois, repousa uma xícara na minha frente.

— Não, credo! — empurro a xícara para longe. — Não consigo entender como você consegue beber café quando já tá fazendo trinta e um graus lá fora.

Vovó solta um risinho e enche a xícara, que toma para si, sorvendo o líquido escuro com prazer.

— Sem café, o meu dia parece não ter começado direito — ela pisca.

Pego mais uma bolacha da cesta. O doce desmancha na minha boca em uma mistura açucarada de baunilha e manteiga. Minha vó é a melhor cozinheira que conheço, então preciso tomar cuidado antes que eu acabe exagerando.

— Vovó, você viu minha edição de *O cavalo e seu menino*? — termino de engolir a bolacha. — Quer dizer, eu tenho duas, mas tá faltando uma.

— Não, querida, não vi — ela beberica o café. — Dê uma olhada no quarto dos seus pais ou no que era o escritório do seu avô.

A bolacha fica amarga na minha boca. Sempre que ouço minha avó falar dele no passado, sinto como se algo estivesse fora do lugar, como se fizesse frio em dezembro e calor em julho.

— Esse vestido roxo ficou muito lindo em você — ela coloca uma mecha do meu cabelo atrás da orelha.

— Obrigada, é do brechó da igreja — aliso a saia. — Foi o vovô que achou na pilha dos vestidos por vinte reais — sorrio com a lembrança.

— Seu avô tinha um ótimo olhar, enxergava as coisas de longe.

— Não nos últimos dias — falo baixinho.

Ficamos em silêncio, até que o forno apita para avisar que mais bolachas de nata ficaram prontas.

— Oba! — vovó comemora. — Última fornada saindo!

Pego uma das bolachas quentes da fôrma e vovó me dá um tapinha na mão.

— Você quer me ajudar a confeitar? — ela aponta com a cabeça para a cesta. — Igual aos velhos tempos.

— Não sei, vovó... acho que perdi a habilidade para as artes — curvo os ombros, tentando não sucumbir às memórias que espreitam acima deles, e as bolachas deglutidas parecem querer voltar por onde entraram. Eu devia ter parado de comer duas bolachas atrás.

— Seu avô ia adorar fazer isso com a gente.

Sinto algo se romper em meu peito. As memórias são libertas das algemas, e eu viajo em uma espiral de lembranças, sendo arrastada à força para lugares aos quais preferia não voltar. E é assim que me vejo nessa mesma cozinha, com meus avós cantarolando uma velha canção de Natal italiana, com a mesa cheia de bolachas e açúcar colorido, botinhas de Papai Noel, muitas estrelas e árvores de Natal. Estou na ponta da mesa, roubando o que acredito ser o quinto doce. Vovô sorri e pisca na minha direção.

— Então, podemos fazer isso? — a voz de vovó me traz de volta para a cozinha no dia de hoje. Ela me encara com os olhos cheios de esperança. — Faltam três dias para o Natal, e eu gostaria de deixar tudo pronto.

Eu não respondo, apenas devolvo o olhar.

— Depois podemos montar a árvore — ela completa.

Faz um ano que ele partiu na véspera de Natal. A época favorita dele. Todo ano se vestia de Papai Noel e distribuía as bolachas que ele e vovó faziam. As crianças o seguiam por toda parte, e ele as reunia no final da tarde na pracinha, inventava muitas histórias engraçadas sobre elfos e depois contava sobre o verdadeiro significado do Natal. Ele falava de Jesus, da salvação e do amor de Deus com brilho nos olhos.

Mas isso não impediu que eu o matasse.

— Victória? — vovó continua me encarando, agora com a testa enrugada.

Como eu não respondo, ela fica em pé e vem até mim.

— Minha filha, já passou da hora de seguirmos em frente. Seu avô, com certeza, iria querer que tivéssemos um Natal lindo mesmo sem estar conosco — ela passa a mão pelo meu rosto. — E seus pais chegam de viagem na véspera de Natal, seria uma boa surpresa para eles.

Fico em pé em um salto e afasto a mão dela.

— Desculpe, vovó, mas eu não quero fazer isso — as memórias em minha mente se encolhem e voltam cabisbaixas para seus esconderijos.

— Vicky, fale comigo. O que você tem?

— Não, eu não posso — neste momento, já estou gritando enquanto caminho em direção à saída. — Tenho umas coisas para fazer...

— Fazer o quê? — vovó me segue, com os ombros encolhidos.

— Coisas... — é a melhor resposta em que consigo pensar. Minha mente parece ter entrado em pane repentina. — Ajudar a Amanda a comprar presentes.

— Mas você não fez isso ontem?

— Livraria. Eu preciso passar na livraria — digo com uma mão na maçaneta e a outra na bolsa no cabideiro.

— Não se esqueça de levar um guarda-chuva, o locutor da rádio disse que vamos ser surpreendidos hoje.

— Que piada — murmuro, fechando a porta de casa sob um céu sem nenhuma nuvem.

As plantas da entrada foram regadas cedo por vovó e logo estarão sedentas mais uma vez, já que o calor deixa o ar pesado e quase difícil de respirar. A baixa umidade misturada com as lembranças produz uma sensação esquisita em meu peito, fazendo-o arder. Sinto a respiração dificultosa, os olhos semelhantes a duas barragens prestes a se romper.

Apresso o passo, sem rumo, sentindo o sol queimar o meu couro cabeludo. Quase me arrependo de ter saído de casa, principalmente porque esqueci de passar protetor solar. Mas eu não podia ficar lá com a vovó falando todas aquelas coisas e esperando que eu compactuasse com o plano de *um-Natal-feliz-na-casa-dos-Moretti*. A casa toda está impregnada de memórias, mas eu não imaginava que essa época seria difícil assim. Que me faria lembrar quem éramos antes e como tudo parecia ter mais cor.

Quando o sr. Olavo Moretti ainda era vivo, minha mãe não passava semanas fora trabalhando, meu pai ainda estava em casa, e não havia um oceano de distância entre nós. Íamos todos os domingos para a igreja, vovó cantava os hinos da harpa, vovô recepcionava os irmãos na porta, e eu ajudava na decoração sempre que alguém me pedia.

Amanda diria que eu estou me rebelando contra Deus. Não sei se ter raiva de Deus — ou outros clichês que a gente ouve por aí — é a definição certa. O que sei é que não consigo encarar as coisas que trazem memórias do meu avô, mesmo que já tenha se passado todo esse tempo desde que ele se foi. Eu me sinto uma fraude na frente de todos, com a culpa sentada em meus ombros feito um papagaio, repetindo as mesmas palavras dia após dia.

De cabeça baixa, quase dou de cara com uma árvore. Só quando volto a levantá-la percebo onde vim parar: na praça onde meu avô reunia todas aquelas crianças na época de Natal. Era o que faltava! Caminho até o banco onde ele costumava ficar e o encaro por um tempo, até decidir me sentar. Olho ao redor, e as poucas pessoas que caminham nas ruas quentes estão absortas em seus próprios mundos.

Avisto um grupo de adolescentes rindo no parquinho mais adiante e penso se eles não foram alguns dos muitos que ouviram o sr. Moretti contando histórias, das quais provavelmente nem se lembram mais.

Talvez eu também não devesse lembrar. Quer dizer, geralmente eu não lembro mesmo, e os dias passam sem o riso dele enchendo a casa, sem a leitura da Bíblia na mesa do café da manhã, sem... ele.

As lágrimas aparecem sem convite, e a mente fica vazia. O relógio municipal funciona silencioso, e só me dou conta de que o tempo mudou quando os adolescentes saem correndo do parquinho, com umas das meninas gritando:

— Sol e chuva — ela tropeça em um dos degraus da praça antes de continuar a frase —, casamento de viúva — e olha em minha direção, rindo.

Abro a mão e sinto alguns pingos atravessando as folhas das árvores. Olho para o alto, e o céu está cinza, nuvens carregadas passam, e as gotas começam a ficar mais pesadas. O locutor tinha razão.

Fico em pé no exato momento em que um raio corta o céu, seguido de um estrondo ensurdecedor. Estou longe de casa, e a chuva parece aumentar a cada segundo. Olho para os lados, mas não há um local coberto sequer em que eu possa me abrigar. O que eu faço?

Seguro a bolsa firmemente na frente do corpo e então eu o sinto: o presente inusitado que ganhei no dia anterior. Quais as chances? Franzo o cenho e olho para baixo, refletindo sobre a estranheza da situação enquanto faço o zíper deslizar. O objeto vermelho parece reluzir lá dentro. Talvez eu esteja fantasiando demais. Puxo o guarda-chuva para fora. O envelope que joguei na bolsa cai no chão. Outro estrondo no céu me faz apressar. Minha roupa já está encharcada. Junto o papel e o lanço, todo molhado, de volta na bolsa. Tiro o plástico que envolve o guarda-chuva e aperto o botão para abrir.

Assim que ele abre, sou inundada por uma quantidade considerável daquele pó brilhante amarelinho que eu pensei ter imaginado. Meus olhos ardem, e solto um espirro. De repente, o mundo silencia. A chuva barulhenta parece ter desaparecido. Sinto uma leve náusea, como se tudo estivesse girando. Esfrego os olhos ardidos com força e depois os abro com dificuldade, tentando enxergar ao redor. A princípio, minha visão está meio turva por causa do pó, mas ela começa a voltar aos poucos.

O que vejo me deixa completamente confusa. Tudo à minha volta parece ter desaparecido: a praça, as árvores, até o banco onde eu estava sentada. Olho para baixo. Minha roupa está seca. Meus pés estão sobre uma espécie de ponte feita de paralelepípedos sem mureta de proteção. Tento dar um passo, mas continuo zonza. Tropeço em meus próprios pés e caio sentada no chão... macio? Estou sonhando ou o quê? Respiro fundo. Só pode ser isso.

Meu coração acelera quando noto que, embaixo da ponte, há um abismo que se parece com a imensidão da noite.

— Ok — digo, e levo uma mão à garganta ao me dar conta de que ela não emitiu nenhum som.

Fecho os olhos e os esfrego com tanta força que, quando torno a abri-los, tenho a sensação de que os pontinhos cintilantes voam na minha direção. Olho para o guarda-chuva, e ele continua o mesmo. Tiro-o da minha cabeça, e, acima de mim, também há a mesma imensidão noturna.

Fecho os olhos novamente e conto até dez, esperando que isso me acorde de alguma forma. Desta vez, ao abri-los, vejo algo diferente: milhares... não, milhões de estrelas pairam sobre minha cabeça e parecem se movimentar em uma espécie de dança ritmada. A ponte em que estou não tem começo nem fim e flutua no meio das estrelas. Estendo minha mão e tento tocar uma delas, que parece estar tão perto, mas, assim que estico o braço, percebo que é inalcançável. Ilusão de ótica? Levanto-me e tento me aproximar da estrela mais próxima. Mais uma vez, ela continua distante, mesmo que pareça estar perto.

O que vou dizer agora pode soar como uma cena de anime, mas juro que as estrelas começam a rir de mim.

Fecho os olhos e espero o zumbido de risinhos acalmar. Não funciona. O tempo passa, mas as risadas continuam. Cubro os ouvidos com as mãos e tento lembrar a mim mesma que isso não passa de um sonho. Mas algo me ocorre de repente. E se eu caí e bati a cabeça? Será que um raio me atingiu e agora estou em coma? Ou será que eu... morri? Abro o olho esquerdo devagar, esperando não ver a ponte nem as estrelas zombadoras, e sim a praça.

Mas o local ainda é o mesmo. Agora, porém, o silêncio volta a pairar sobre o recinto, e a confusão invade a minha mente. Caminho alguns passos, mas parece que não saio do lugar. Grito e, de novo, não ouço minha própria voz.

Olho para o guarda-chuva, agora ainda mais cintilante. E se... será que isso é por causa dele?

Feche-o. Feche-o. Feche-o.

As estrelas começam a cantar e a se aproximar de mim, cada vez mais perto, sufocando-me. Corro até o objeto vermelho e, tão rápido quanto consigo, fecho-o. No mesmo instante, meus pés batem com força na calçada de casa.

— C-como eu vim parar aqui? — olho ao redor, e não há nem sinal de chuva. O céu está azul, e as plantas da entrada estão amareladas, quase mortas, tão diferentes de como estavam nesta manhã. Jogo o guarda-chuva na bolsa.

— Finalmente! — mamãe aparece na porta com uma caixa nas mãos. — Vamos, me ajude.

— Você já chegou? Pensei que viria na véspera de Natal.

Caminho até ela e pego a caixa que está estendendo.

— Como assim? — ela aponta para um veículo parado na entrada. — Leve essa para o caminhão.

— Por quê? — olho para a caixa em minhas mãos e depois para a minha mãe.

— Victória, nós já falamos sobre isso...

— Sobre isso *o quê*?

Mamãe suspira. Parece tão cansada. Vejo as rugas em torno dos seus olhos, cabelos brancos por toda a parte, e me dou conta de que nunca esteve tão magra quanto neste momento.

— Vem, vamos descansar um pouco — ela me pega pelo braço, e entramos em casa.

Está tudo empacotado. Caixas cobrem o chão, e algumas pilhas até alcançam o teto. Minha mente começa a fervilhar.

— Estamos nos mudando? Como vocês conseguiram empacotar tudo tão rápido? Eu saio por alguns minutos e vocês fazem isso? Ninguém me consultou sobre nada... para onde estamos indo?

Mamãe me olha por um tempo e anota alguma coisa em um bloquinho de papel.

— Assim que chegarmos, vamos procurar um psicólogo — ela tira a caixa das minhas mãos e me leva até o sofá.

— Mamãe... o que tá acontecendo? Eu não entendo...

— Filha, eu sei que deve estar sendo difícil para você — ela fecha os olhos e treme um pouco a boca. — Sua avó era muito importante para mim também, e ver tudo acontecer assim, faz pouco tempo que... que... seu avô também... — ela tapa a boca com a mão.

Por um instante, sinto como se estivesse de volta ao abismo de minutos atrás.

— Vovó... *era?* — fico em pé e vou até a cozinha.

Mamãe me segue falando alguma coisa que não consigo ouvir.

— Vovó? — chamo por ela e não tenho resposta. — *Vovó?* — grito mais uma vez e continuo vagando pela casa.

— Vicky... — vejo minha mãe chorar quando passo por ela.

Subo em direção ao quarto da vovó. Assim que abro a porta, sinto o cheiro dela no ar. Canela e café. Mas ela também não está ali nos amontoados de caixas nas quais a palavra "doação" está gravada. Vou até a cama e me sento, sentindo as forças escorrerem pelos dedos.

— Mamãe... onde está a vovó? — olho para a porta, onde minha mãe me encara com os olhos vermelhos.

Ela meneia a cabeça em negativa.

— Onde ela está? — pergunto mais uma vez, já sabendo a resposta.

Olho ao redor e vejo todas aquelas caixas. A vida de dona Amélia é reduzida a isto: algumas dezenas de caixas empilhadas. Em um dos cantos, um pouco amassada, está uma caixa verde de onde uma lâmpada, dessas de luzes natalinas, escapa pela tampa. Levanto-me e vou até a que contém os enfeites de Natal.

Tiro uma pequena estrela dourada de madeira. Meu avô a entalhou, mas não era muito bom nisso. Pouso os olhos na estrelinha por alguns minutos, com um sorriso triste no canto da boca, o coração em frangalhos batendo forte, e a cabeça confusa começa a latejar antes que eu desvie os olhos sem querer para um calendário jogado no chão. Assustada, deixo o queixo cair. Pisco algumas vezes para ter a certeza de que estou enxergando corretamente. Meu primeiro impulso é abaixar para pegá-lo, mas meu cérebro parece ter perdido de repente a capacidade de enviar comandos para os membros. Meus pés não saem do lugar.

Os enormes números do ano gravados na página fazem uma ideia meio tola passar pela minha cabeça. Devagar, sento-me de novo na cama, olho para mamãe e pergunto:

— Que dia é hoje?

Ela se aproxima e coloca a mão em meu ombro.

— Filha, faz duas semanas que sua avó... — ela engole a palavra.

— Tá — levanto-me antes que ela conclua e a encaro com urgência. — Mas que dia é hoje?

— Hoje é dia vinte e quatro de dezembro... — diz, ao levantar os ombros.

— De que ano, mãe?

— Como assim, Victória? Você está com febre?

Ela leva a mão até minha testa. Desvencilho-me e, na bolsa, pego meu celular, mas está descarregado. Minha mãe tenta se aproximar mais uma vez, porém só consigo reparar no celular no bolso de sua camisa.

Estico a mão para pegá-lo, começo a dedilhar e o viro para o rosto dela.

— O que você está fazendo? — ela tenta tomá-lo de volta.

Livro-me de suas mãos e corro até o banheiro no final do corredor, na direção oposta à da varanda. Sinto o coração pulsar mais rápido e, muito brevemente, um mal-estar como o que senti mais cedo ameaça voltar. Me tranco nesse cômodo antes que ela me alcance. No minuto seguinte, batidas fortes começam a reverberar atrás de mim. Mamãe volta a gritar pelo meu nome, mas, em vez de responder, só consigo cerrar os olhos. Meu cérebro fervilha, olho para a tela do celular que está aberta em uma página do navegador e digito com pressa, com as letras trocadas: "que dai é hejo?".

As batidas na porta parecem ficar abafadas, o sangue continua a se agitar em minhas veias, e o cheiro de desinfetante me dá ainda mais náuseas. O navegador de internet do celular da mamãe não parece estar com pressa. Talvez o algoritmo, ou seja lá como é chamado, esteja se questionando quem é que pergunta esse tipo de coisa.

A tela do celular apaga e, enquanto roo uma unha, aperto o botão lateral. A tela se ilumina com uma foto da nossa família. Bem em cima da imagem, a data. Era, de fato, véspera de Natal.

Do ano que vem.

3
PAGUE UM CAFÉ PARA UMA SENHORINHA EM UM SHOPPING LOTADO

Um dia antes...

Faz um ano que odeio o Natal.

Odeio todas aquelas luzes gastando energia e as pessoas nas ruas com dezenas de sacolas cheias de quinquilharias e embalagens de plástico barato que vão entupir bueiros na primeira chuva.

Odeio ouvir sempre as mesmas músicas tocando em cada esquina com aqueles sininhos irritantes, como se tudo fosse mágico e inspirador. Também odeio o caos sem fim de pessoas suadas, aglomeradas ao redor de um senhor de idade, acima do peso e, possivelmente, com a pressão baixa por causa da temperatura e do excesso de roupas.

Tudo isso me irrita, é verdade. Mas o principal motivo para que eu considere esta a pior data do ano está enterrado a sete palmos do chão e a cinco quarteirões do shopping. E a culpa é minha.

— Vicky! — minha amiga alta e morena chama por mim com as mãos na cintura. — Pare de encarar o Papai Noel! Tô começando a ficar com medo.

Olho para o meu reflexo no vidro da loja mais próxima e entendo o que Amanda quer dizer. Apesar de a franja cobrir um pouco dos meus olhos, é possível ver duas bolinhas verdes sinistras, das quais faíscam pequenos lampejos de raiva. Caminho até ela e falo baixinho:

— Você sabe que essa época me deixa estressada.

— Agora, é verdade. Mas lembra de quando éramos crianças? — ela afaga meu braço, olhando para a frente com olhos sonhadores. — Eu amo o Natal e você sabe que o Rafael faz aniversário no dia vinte e quatro, daqui a quatro dias — ela une as mãos na altura do peito e suspira.

Caminhamos em silêncio entre a multidão do shopping. Pessoas falam alto e sorriem carregando sacolas coloridas, crianças choram e batem os pés — isso quando não se jogam no chão na frente de uma das vitrines. Um cachorro corre com a guia entre os dentes enquanto o dono grita por ele.

— Ai, eu poderia estar em casa, assistindo ao documentário sobre Warren Edward Buffett, ao invés de estar aqui ouvindo um adulto chamar um pet de *meu neném* — digo, ao mesmo tempo que o cara passa com o animal no colo e me fuzila com os olhos.

— Pare com isso, Vicky! — Amanda me puxa pelo braço. — Vai arranjar briga no shopping por causa de besteira?

Ela diz isso, mas retorce os lábios e olha para o outro lado, de um jeito que me impede de verificar a expressão que está fazendo. Quando se volta para mim de novo, percebo o vestígio de uma curvinha de sorriso em um dos cantos da boca dela.

— Você falou sério? — ela pergunta, enroscando um braço no meu. — Preferia estar em casa assistindo aquele ve... ah, aquele senhor? — Amanda arregala um pouco os olhos e solta um pigarro quando me vê arquear a sobrancelha.

— Um documentário sobre um investidor de sucesso sempre será importante para mim — argumento.

— Sei — ela solta o meu braço e me contorna para me olhar de frente. Então, começa a bater os cílios de maneira exagerada.

— Mas não mais importante que a sua amiga, não é?

— Pfff! — solto o ar e reviro os olhos.

— Amiga, você precisa relaxar. Você estuda tanto! Mais de oito horas por dia. Sem falar do tempo que passa na sala de aula — ela completa antes que eu consiga corrigi-la. — Você já passou no vestibular, vai começar sua faculdade... Aproveita o momento para se distrair e curtir um pouco.

— Você não entende, Amanda. Eu prometi... prometi... — as palavras embolam na minha boca.

— Prometeu para seu avô que seria uma boa filha, que cuidaria da sua avó.

Ela para na minha frente, de novo. A trombada é inevitável desta vez.

— Amanda, pare de fazer isso!

Minha amiga se encolhe, esfregando o braço em que esbarrei por culpa dela mesma. É possível que amanhã um hematoma tenha se formado ali.

— Vicky, cuidar de alguém não tem só relação com dinheiro, sabe? — ela me encara com aqueles enormes olhos azuis.

— Sei disso — dou um passo para o lado e continuo caminhando. — Mas, se eu não estudar e seguir meu plano, nunca poderei ajudar minha avó e meus pais a terem uma situação melhor. O sonho do meu avô...

Ela dá alguns passinhos rápidos para me alcançar.

— E qual é o seu? — dispara, antes que eu tenha tempo de concluir a frase. — Somos amigas desde sempre, e eu nunca te vi tão infeliz!

Sou eu quem cessa os passos agora. Viro-me para Amanda com o olhar ofendido.

— Ah... eu preciso te lembrar que meu avô morreu há um ano?

— Eu sei, eu sei — ela bagunça o próprio cabelo e fecha os olhos. — Amiga, me perdoe pelo que eu vou falar agora, mas...

Travo os dentes por um segundo. Sei que protestar não vai fazer a menor diferença, porém tento assim mesmo:

— Se você já tá pedindo perdão antes, tem certeza de que deve falar?

— Há tempo para chorar — ela me ignora. — E eu tô achando que você precisa aprender a superar... não, me escuta — Amanda me impede de falar. — Sabe aquele autor de que você gosta? O Lewis? Não foi ele quem disse que "chorar ajuda por um tempo, mas depois é preciso parar de chorar e tomar uma decisão"? Você já chorou demais.

Ela diz a última frase em voz baixa. Encaro meus pés e fecho os olhos. Ninguém consegue entender.

Meu avô era a pessoa mais incrível. Sempre sabia o que falar. Se, por acaso, as coisas fossem diferentes e eu quem tivesse morrido, talvez ele soubesse como agir, mas eu não sei o que fazer desde que ele se foi, e por minha causa. Não sei como viver como se ele não tivesse partido. Meu avô existiu e foi a pessoa mais importante para mim. Como vou simplesmente levar a vida sem ele?

— É melhor eu voltar para casa — digo, virando de costas.

— Não, por favor, Vicky! — minha melhor amiga se aproxima por trás e envolve minha cintura em um abraço.

Ficamos assim, nessa posição estúpida e constrangedora por alguns segundos. Enquanto as pessoas passam por nós como se fôssemos invisíveis, tento me desvencilhar do abraço.

— Sinto muito, não consigo mais ser a mesma — sussurro, ao tentar afastar a mão dela. Amanda, porém, se aninha mais em mim.

— Eu sei, mas toda essa tristeza que você tá carregando é um fardo pesado demais para levar sozinha. Deixa eu te ajudar! Divide comigo. Conta para mim o que se passa nesse seu coraçãozinho.

— Eu... não consigo — minha voz sai rouca, e, contra a minha vontade, meus olhos umedecem enquanto encaro a iluminação do shopping bem acima da nossa cabeça.

— Você pode chorar — ela fala, com tapinhas no meu braço.

— Ué, mas você acabou de falar que há um tempo para chorar e que eu já o extrapolei!

— É verdade! Como em um daqueles jogos que jogávamos, em que a gente podia pegar "vidas", lembra?

Aceno que sim com a cabeça.

— Então, pronto! Você pegou todos os *packs* de lágrimas.

— Sua boba — dou um riso salgado.

Amanda se afasta devagar e me puxa pela mão até que estejamos de frente uma para a outra. Com o dedo, acaricia a minha palma enquanto olha profundamente dentro dos meus olhos.

— Me deixa ser sua amiga.

— Mas eu nunca disse que você não podia.

— *Péééé* — ela grita a plenos pulmões. — Resposta errada.

Eu me encolho em reflexo. Depois, olho ao redor sentindo o desejo repentino de esconder a cara dentro de uma dessas sacolas coloridas.

— Ficou maluca, Amanda? Tá todo mundo olhando.

— É para você ficar esperta. Hoje você vai ser minha amiga! Vamos andar pelo shopping sem compromisso, sem documentários, sem listas de estudos e sem... — ela pondera — ...sem tristeza.

Cruzo os braços e a afronto.

— Não adianta, querida. Você não tem escolha — ela desfaz minha pose ao me puxar pelo braço. — Preciso comprar um presente incrível para o Rafael, mas não pode ser muito caro e não quero ser roubada como da última vez, quando comprei duas camisas supostamente pelo preço de uma. Na verdade, foi um golpe ridículo de marketing mal-intencionado, já que daria o mesmo valor se eu tivesse comprado cada uma separada.

— Deixa eu adivinhar: e eu, sua amiga que se mata de estudar economia e práticas de consumo, vai te ajudar.

— Exatamente — Amanda dá uma piscadela.

— Que conveniente...

— Não é mesmo? — ela sorri para mim, enlaçando nossos braços de novo. — Eu e Rafael vamos comemorar três anos de namoro, acho que ele vai me pedir em casamento em breve. Se não pedir, vou ter que tomar uma atitude.

Os olhos da minha amiga brilham sonhadores. Eu sempre achei loucura a obsessão dela por casamento, mas Amanda e Rafael são o meu terceiro casal favorito de todos os tempos, apesar das minhas ressalvas. Então eu suspiro, relaxo os ombros e decido encarar essa cacofonia natalina para ajudar minha amiga a encontrar um presente para seu amado, e por um preço justo.

— Sabe, Vicky... você só tem dezessete anos, não deveria viver estressada assim, se preocupando com tanta coisa o tempo todo — ela segura o meu rosto e apoia os indicadores ao lado dos meus olhos. — Isso vai acabar te deixando com cara de mais velha, uma senhorinha de trinta anos.

Empurro as mãos dela para longe das minhas bochechas.

— Eu bem queria ter trinta anos e estar com toda a minha vida resolvida. Trinta é a idade do sucesso — volto a caminhar.

— E você só tem dezessete e fica pensando em se casar. Não acha que isso é precipitado?

— Nem um pouco, esse é o meu sonho. E não acho que aos trinta a gente vai ter todas as coisas resolvidas — Amanda me alcança. — Provavelmente, vamos desejar ter cinquenta, acreditando que tudo será resolvido até lá — ela fica em silêncio por um momento. — É um ciclo que não acaba... Quer dizer, acaba quando a gente morrer ou...

— Quando Jesus voltar — completo.

Ela sorri e engancha o braço no meu.

— Então você não se esqueceu dele, hein?

— Quem?

— Jesus, ué! Você quase não vai aos encontros do grupo de jovens, e a última vez que te vi na igreja ainda era inverno.

— Não esqueci, eu só... — não queria trazer o assunto à tona novamente. — Vamos voltar a falar do futuro?

— Você vai ao culto domingo? — ela me encara com os olhos brilhando feito duas estrelas.

Não era um futuro tão próximo que eu tinha em mente, mas tudo bem.

— Vou! Tá feliz?

Mas não sei se vou cumprir a promessa, porque muita coisa pode acontecer até domingo e, a julgar pela minha disposição no momento, é provável que nesse dia eu permaneça na frente da televisão assistindo a magos coreanos taciturnos lutarem contra humanos com almas trocadas, como uma recompensa por mais uma semana de estudos bem finalizada.

— Eu tô, e Jesus muito mais! — Amanda dá uns saltinhos ao meu lado. — Aliás, você já entregou seu *plano infalível* para ele?

— Não lembro. Talvez? — dou de ombros.

— Deixa ele cuidar disso, confia nele. Mesmo que não saia como você planejou, ainda vai dar tudo certo porque Deus nunca perde o controle de nada.

— Amiga, acredite em mim quando eu digo que não tem como dar errado.

Amanda revira os olhos.

— Tem certeza que esse seu plano é infalível mesmo? — ela solta a frase desenhando um arco no ar com a mão livre.

Junto as mãos na frente do meu rosto e abro um sorriso daqueles que ocupam a face inteira. Falar sobre o meu plano sempre me empolga! Eu mal posso esperar para estar na faculdade!

— *Believe me*, esse plano não tem falhas! — dou um beijinho no ombro. — Eu já tenho minha resposta positiva da universidade, agora é só focar em estudar muito durante os próximos quatro anos, conseguir um estágio na One World Economia, mostrar todo o meu potencial em economia sustentável, me tornar referência e deixar meus investimentos rendendo — me solto do braço da minha amiga e pulo na sua frente, batendo palmas.

— E *voilà*, temos um *case* de sucesso, minha independência financeira antes dos vinte e sete anos e toda uma família levando uma vida plena e abundante. No caso, a minha família.

— Só isso? — ela ri, e eu faço uma reverência em resposta. — Seus pais e sua avó vão ficar muito orgulhosos. Tenho certeza de que seu avô ficaria também — sua voz começa a embargar, então ela coça a garganta. — Você é a amiga mais inteligente que já tive na vida. Lembra de mim quando ficar rica!

— Ai, Amanda, eu sempre fui sua única amiga — respiro fundo.

Ela solta uma gargalhada.

— E quando você vai arrumar tempo para namorar?

Ela pisca os olhos várias vezes daquele jeito bobo. Dou de ombros.

— Não tá no meu plano.

— Mas você nunca pensou sobre isso? — insiste.

— Você sabe...

— Vai dizer que ainda não superou o Pedr...

— Por favor, nem fale o nome dele.

— Oh, então ainda tem alguma coisa borbulhando aí dentro — ela solta um risinho. — Se eu nem posso falar o nome do Pe...

— Amanda!

— Ok, ok... desculpa — ela continua sorrindo. — Faz um bom tempo desde que ele se mudou. Teve alguma notícia?

— Nada, ele sumiu.

— E você não facilita também, excluiu todas as redes sociais para se *concentrar nos estudos de finanças* — ela imita minha voz.

— Essa interpretação ficou horrível — balanço a cabeça em desaprovação. — Ele que me enviasse uma carta, ligasse... sei lá.

— Uma carta, é? — ela ri baixinho.

— O que foi? Por que você tá rindo?

— Você leria a carta se ele te enviasse uma?

— Acho que... sim — respondo, um tanto em dúvida.

Ela tenta falar algo, mas se interrompe abruptamente com os olhos vidrados na vitrine de uma loja.

— O que foi? — sigo o olhar dela.

— Eu achei o presente perfeito! — Amanda anuncia.

Então, sai correndo na direção da loja e me deixa plantada, sem entender.

Quando estou prestes a ir atrás dela, uma mulher atravessa meu caminho. Dou um passo para trás para evitar a trombada e deparo com uma senhora um pouco mais baixa que eu, com a postura encurvada.

— Será que você pode me ajudar? — ela estende uma das frágeis mãos na minha direção.

Desvio os olhos para um dos seus pulsos, abarrotado de sacolas. Seguro os dedos finos com delicadeza e a fito, confusa.

— Do que a senhora precisa?

— Eu acabei ficando sem dinheiro, gastei minha última nota em uma troca — ela balança a cabeça —, mas isso não importa. Agora não consigo pagar pelo café do quiosque.

Então a velhinha aponta para uma atendente parada em um balcão a alguns metros de nós com os braços cruzados e a cara fechada.

— A jovem ali disse que vai chamar os seguranças, mesmo eu já tendo explicado o que aconteceu.

Encaro-a por um momento, mas não demoro a entender aonde ela quer chegar.

— A senhora quer que eu pague pelo seu café? — curvo a sobrancelha, enquanto observo as inúmeras sacolas penduradas no seu braço miúdo.

— É constrangedor — ela aperta a minha mão com força. — Eu jamais pediria por algo assim, mas não percebi que estava sem dinheiro... — seus olhos marejados me encaram com expectativa.

Olho ao redor, mordendo o lábio. Tem tanta gente maluca aplicando todo tipo de golpe hoje em dia...

— E a senhora veio fazer compras sozinha?

Ela assente e sorri.

— Quero fazer uma surpresa para o meu menininho. Ele tem trabalhado tanto com a mudança de casa, sabe? Ele quer fazer de conta que já é adulto — um risinho escapa dos lábios —, mas eu sei que ainda é só um menino.

Faço uma análise mental da situação. As sacolas que a senhora carrega não parecem ser de lojas baratas. No entanto, está usando uma saia cinza puída, que com certeza nem é de marca.

— A senhora sabe que o café do quiosque do shopping é muito mais caro? — analiso. — Aqui na frente tem uma padaria que vende pela metade do preço, e o café é bem mais gostoso.

— Oh, não sabia — a senhora olha mais uma vez para a atendente, que agora está batendo o pé no chão.

Eu não julgo a garota, porque, se essa senhorinha não pagar, provavelmente ela vai precisar tirar dinheiro do próprio bolso. Suspiro, vou até o quiosque e acabo pagando pelo café de uma desconhecida. Um café superfaturado em um copo de plástico. Totalmente contra os meus princípios. Só quando percebo o olhar distante da senhorinha é que me sinto mal por estar preocupada com dez reais. Embora, convenhamos, seja um verdadeiro absurdo para um cafezinho. Quando retorno até ela, seus olhos ainda estão marejados.

— Muito obrigada, mocinha — ela dá um gole no café que descansava no guarda-corpo e faz uma careta. — Fiquei tão preocupada com a situação que até esfriou.

Mordo os lábios, sem saber o que responder. Não posso dizer "não foi nada", porque seria mentira. Como uma adolescente que não recebe mesada dos pais, não posso sair comprando bebidas quentes em cafeterias caras indiscriminadamente. Então, fico calada, observando a luta da mulher para engolir o líquido frio. Franzo o cenho por um momento. Ela me lembra alguém. Viro a cabeça de lado, analisando seu rosto. Há algo de familiar no formato da mandíbula e na forma como olha para mim.

— Não sei como funcionam essas coisas de aplicativos e transferências, eu nem uso... — ela diz, depois de um breve silêncio.

— Mas eu posso pedir ajuda quando chegar em casa, é só você me passar... como chama? A chave?

— Ah, não, não precisa disso — balanço as mãos no ar, em negativa, mais por estar me sentindo mesquinha do que por não precisar mesmo.

— Claro que precisa, ainda mais que o café aqui é mais caro — ela aponta para o quiosque.

— A senhora não precisa se preocupar com isso — enfatizo cada palavra.

Agora, me sinto mal pelo sermão que dei nela antes. Ela fica pensativa por um momento, e eu começo a cogitar uma maneira de sair dali. Olho ao redor e vejo minha amiga no interior da loja conversando com uma atendente que está com uma roupa azul cheia de estrelas douradas. Amanda vira o rosto em minha direção, nossos olhares se cruzam, ela aponta para a senhora com a cabeça e levanta os ombros em dúvida. Repito o gesto.

— Um momento! — ela fala, e joga o copo plástico vazio em uma lixeira próxima a nós.

Então, começa a procurar por algo na bolsa, depois nas sacolas. Franzo o cenho e estou prestes a abrir a boca pedindo que ela não se preocupe com isso, quando a mulher levanta a cabeça com a respiração ofegante.

— Mocinha, olhe — ela me chama e estende um embrulho do tamanho de uma caixa de sapato para mim. — Quero que fique com isso!

Eu a observo boquiaberta. Só o papel desse embrulho parece ter custado mais do que os meus tênis de brechó!

— O quê? — balanço as mãos em negação.

— Sim, é um presente por você ter me ajudado.

— Não, tá tudo certo. A senhora não precisa me dar um presente — dou um sorriso nervoso.

Ela puxa meu braço e deposita a caixa em minhas mãos.

— Sim — diz, segurando minha mão com força. Arregalo os olhos sentindo os dedos estalarem. — Sim, você *precisa* aceitar.

Então, me fita tão profundamente que perco a fala por um momento.

— Mas... a senhora não comprou esse presente para outra pessoa?

— Na verdade... — diz ela, ainda com o olhar fixo no meu. A mulher sequer pisca os olhos, meu coração acelera um pouco.

— Eu acho que esse foi feito para você.

— Como assim? A senhora nem me conhece....

— Hum, não sei, quem sabe? — de repente, ela desfaz o contato visual sinistro e me lança uma piscadela. — Preciso ir agora, mas espero que faça bom uso do presente.

— Eu... ah, obrigada? — olho para a caixa e depois para a figura excêntrica que caminha com certa dificuldade em direção às portas automáticas.

Antes de sair, ela cessa os passos e vira a cabeça por cima do ombro. Então me diz:

— Querida, tente não se esquecer.

— Do quê?

— As estrelas sempre brilham acima das nuvens escuras.

4
DÊ SEU PRIMEIRO BEIJO

De volta ao banheiro, no futuro...

Perco o controle do meu corpo e caio sentada no chão frio do banheiro. Mamãe ainda está do outro lado da porta falando coisas que não consigo entender. O que ela diria se eu contasse o que acabou de acontecer? Aí que ia achar que estou ficando louca mesmo. Mas... será que não estou? Nada disso faz o menor sentido. Afundo minha cabeça entre os joelhos.

Eu viajei no tempo. Minha avó morreu. Estamos nos mudando. A única alternativa aceitável: tudo isso não passa de um pesadelo.

— Mãe! — choramingo. — Para onde estamos indo?

— Victória, você bateu a cabeça? O que está acontecendo? — ela força a maçaneta mais uma vez. — Eu já vi casos semelhantes no hospital, mas você precisa sair daí para que eu possa te olhar.

— Não sou sua paciente, Simone — rosno.

— Por favor, filha, saia e vamos conversar. Não me faça usar a chave reserva.

Sem me levantar, estico o braço e abro a porta. Ela entra, e seus olhos parecem saltar da órbita. Logo está ajoelhada ao meu lado, com a mão em minha testa. Depois, sai e volta em poucos segundos com uma maleta azul, tirando um estetoscópio e outras parafernálias médicas. Deixo que ela faça o trabalho sem reclamar. Talvez eu só esteja passando por uma crise de ansiedade, estresse, essas coisas.

— Seu coração está um pouco acelerado, mas, fora isso, parece estar tudo bem com seus sinais vitais — ela fala, enquanto passa uma lanterna pequena nos meus olhos.

Acompanho a luz brilhante sem questionar.

— Me conta o que aconteceu com você — ela guarda tudo na bolsa e se senta do meu lado.

— Não sei se você acreditaria.

Deito minha cabeça no ombro dela, sentindo o cheiro familiar de lavanda. Ela afaga meu cabelo.

— E se você tentar?

Pondero, mas não levo um minuto para chegar à conclusão de que ela não entenderia. A mente de Simone é racional e prática. Uma coisa como viagem no tempo jamais seria uma possibilidade para ela. E se eu jurar que estou presa em um pesadelo, posso acabar internada para observação. Fico em silêncio, enquanto tento colocar os pensamentos no lugar. Se for uma viagem no tempo, será que minha versão atual está aqui também?

Se sim, ela poderá chegar a qualquer momento, e mamãe pode ter um piripaque. Já pensou se aquelas coisas de séries de tevê sobre o assunto forem reais, e eu simplesmente explodir se me encontrar comigo mesma? Meu Deus! Preciso de um plano de ação.

— Quando vamos para a nova casa? — levanto a cabeça.

— Nós embarcamos amanhã, e seu pai está cuidando de tudo por lá...

— Você diz... — fico em pé — ... cuidando de tudo no Canadá?

Ela acompanha o movimento.

— Sim, Vicky. O que foi? Depois de falar tanto sobre isso, não vai me dizer que mudou de ideia — a ruga no meio de sua testa parece cada vez mais evidente.

— Ah, não... — levo a mão à cabeça, respiro fundo e olho para o lado.

Mamãe continua a me observar como se eu fosse um tipo de zumbi extraterrestre. Talvez seja melhor eu parar de fazer perguntas e começar a tentar entender por conta própria o que aconteceu.

— Acho que vou ver a Amanda — devolvo o celular para a minha mãe.

— Você não deveria sair nesse estado.

— Você viu, tá tudo bem. Deve ser o estresse — fico em pé. — Preciso falar algo importante para a minha amiga.

— Vocês fizeram as pazes?

Cesso os passos com a pergunta. Amanda e eu, em quinze anos de amizade, nunca brigamos. E agora isso?

— S-sim — digo. Retomando a consciência, viro-me para a saída antes que minha mãe veja que nem sei do que ela está falando.

Pego minha bolsa no caminho e desço as escadas, mas uma ideia passa pela minha cabeça de repente. E se...

Escancaro a bolsa quase rompendo o zíper e procuro pelo guarda-chuva. Assim que o encontro, abro-o e o coloco sobre a cabeça, esperando por aquela sensação nauseante. Fecho os olhos com força e seguro o cabo com as duas mãos. Visualizo mentalmente aquele lugar estranho, depois penso na praça. Nada acontece.

— Vicky, o que você está fazendo agora? — abro os olhos e vejo minha mãe com os braços cruzados, parada no pé da escada.

— Ah, é que... — posiciono o cabo do guarda-chuva no meu ombro — ... eu não quero tomar muito sol hoje, sabe...

Ela mantém o olhar fixo em mim por alguns segundos e, então, tampa o rosto com a mão.

— Sua vó sempre falava para levar um guarda-chuva na hora de sair... — ela soluça.

Na dúvida sobre o que dizer, decido não falar nada. Mamãe chora em silêncio antes de fazer sinal para que eu vá.

— Volte para o almoço. Quero ir para o hotel antes das quatro da tarde, ok? — ela se vira, entrando na cozinha antes que eu possa dar uma resposta.

Suspiro. Este lugar é a minha casa, mas sinto que não pertenço a ele. As memórias estão todas aqui. Encaro a imagem de uma mãozinha estampando a parede ao lado do aparador, no lugar de sempre — uma obra de arte, como vovó sempre fala —, produzida por mim aos sete anos de idade. Mesmo que tudo seja familiar, ainda é como se eu fosse uma intrusa entrando na história de outra pessoa.

— Preciso sair daqui — olho para o guarda-chuva com atenção. — Será que tem algum botão para acionar?

Nada de pozinhos. Nada de zumbidos de estrelas risonhas. Nada de náuseas. Quanto mais eu olho, mais convencida estou de que se trata de um guarda-chuva normal.

— Talvez o segredo esteja no lugar!

Jogo a bolsa no ombro e disparo na direção da porta de casa. Do lado de fora, começo a correr e sinto a adrenalina fazendo seu trabalho. Passo pelas ruas sem prestar atenção em nada à minha volta, quase tropeço em um desnível, mas isso não me impede de continuar. Corro com todas as minhas forças. Chego à praça, e o oxigênio parece tóxico, como se fosse rasgar meus pulmões. Apoiada nos joelhos, espero a respiração normalizar.

Com dificuldade, consigo ficar ereta. Vejo que nada mudou. Ainda há um grupo de jovens no parquinho, provavelmente não o *mesmo grupo*, mas eles brincam e riem sem preocupações. Olho para o banco onde tudo começou, e não há nada de especial. Minha mente trabalha rápido, e eu me perco em devaneios. Quando percebo que um casal de idosos se senta no banco, é tarde demais. Era só o que faltava! Corri tanto para chegar aqui, e agora tenho que esperar eles saírem! Mordo os lábios, refletindo: seria muito errado dar um incentivozinho para que saiam?

Começo a me movimentar, andando de um lado para o outro repetidamente; isso sempre me ajuda a tomar decisões. Mas nada do que me vem à mente neste momento parece ser razoável. Olho para o banco mais uma vez, e a senhorinha tira um livro da bolsa, enquanto o senhor alimenta os pombos. Isso vai demorar.

O relógio municipal indica que já passou muito das onze da manhã. Começo a me perguntar se não devo voltar mais tarde.

— Aff!

Sem encontrar alternativa melhor, bato o pé e caminho em direção à saída da praça. Será que alguém acreditaria em mim se eu contasse?

Um estalo me acomete. Sem pensar duas vezes, pego o caminho em direção à casa da única pessoa que sempre acreditou em mim. Não demoro muito para chegar. Observo o lugar onde passei boa parte da minha infância entre brincadeiras e tortas de chocolate da dona Maria, mãe da Amanda. Aperto a campainha e espero. Não tenho resposta. Aperto de novo, e mais uma vez.

— Ué, não tem ninguém em casa? — levo o dedo para apertar a campainha pela quarta vez, mas, antes que eu consiga alcançá-la, a porta é escancarada.

— Amanda! — sinto meu sorriso se desfazendo à medida que observo a expressão dela.

— Como você tem coragem de vir até aqui? — ela faz menção de fechar a porta, mas a detenho. — Vá embora.

— Mas... — minhas palavras somem no ar quando dona Maria chega e me olha com a mesma expressão.

— O que essa garota tá fazendo aqui? — ela seca um prato com um pano branco, e, por um segundo, vejo em seus olhos o desejo de me acertar com aquele objeto.

— O que eu fiz de tão errado para perder minha melhor amiga? — sinto as lágrimas molharem meu rosto.

— Não se faça de sonsa — dona Maria fica na frente da filha.

— Você já causou estragos o suficiente, vá embora.

— Amanda, podemos conversar? — dou um passo à frente.

— Não tenho nada para conversar com você — ouço a voz chorosa, e sinto meu coração se partir em mil pedaços.

— O que foi que aconteceu? — pego a mão de dona Maria.

— O que eu fiz?

Ela se esquiva como se eu fosse um animal pegajoso e nojento.

— É muita coragem aparecer aqui e perguntar isso depois desse tempo todo — a mulher cospe as palavras na minha cara, elevando a voz. — O que você andou bebendo, garota?

Mas eu mal consigo abrir a boca diante da situação. Dona Maria sempre foi como uma mãe para mim. Ser tratada dessa maneira, justo por ela, parte o meu coração.

— Amanda, entre — ela ordena.

Minha amiga obedece sem sequer me olhar. Dona Maria espera o clique da porta, para então voltar-se mais uma vez para mim.

— Eu não sei o que você está tramando, mas eu te conheço muito bem para saber que dentro dessa cabecinha tem um plano maligno — ela coloca o dedo na minha testa e a empurra.

— Mas agora vou defender minha filha! Eu deveria ter ouvido

meus instintos quando você veio aqui em casa pela primeira vez... porque vi a maldade em seus olhos naquele dia, mas não quis acreditar.

— Tia Maria... — sussurro.

— Vá embora agora — ela dá as costas para mim, mas vira o rosto para concluir. — É época de Natal, tempo de coisas boas, e não precisamos de você por aqui para nos lembrar da maldade do mundo.

Ouço a porta bater e levo a mão ao peito, para ter a certeza de que ainda estou viva. Isso tudo começa a se parecer mais do que nunca com um pesadelo horrível. Atordoada, confusa e magoada, cambaleio no caminho de volta para a praça, sentindo como se pisoteasse centenas de agulhas fininhas que penetram minha pele e machucam minha alma. O eco das palavras de dona Maria me persegue, e o olhar de decepção de Amanda corrói meu coração como ácido puro.

— Argh — bato os pés no chão, como uma criança fazendo pirraça. — Mas o que eu posso ter feito?

— Falando sozinha mais uma vez? — uma voz masculina me tira do devaneio.

Viro-me para trás, na esperança de encontrar alguma alma caridosa que me ajude a entender o que está acontecendo. Antes que eu possa abrir a boca para perguntar qualquer coisa, duas mãos me enlaçam pela cintura e lábios ferozes engolem os meus.

Tudo acontece tão rápido que mal tenho tempo para reagir. Só consigo empurrá-lo com repulsa para tão longe quanto possível, com tanta força que o faço cambalear e quase cair para trás.

— Ficou maluco, Rafael?

5
VOCÊ NÃO SABE QUE É PERIGOSO TER DUAS VERSÕES DA MESMA PESSOA NA MESMA LINHA DO TEMPO?

Limpo a boca com as costas da mão e depois cuspo no chão. Rafael me olha com os olhos agitados.

— O que foi agora, Vicky? — ele tenta se aproximar, mas dou alguns passos para trás.

— Fique longe de mim! — pego o guarda-chuva na bolsa e aponto para ele.

Rafael revira os olhos e começa a caminhar de um lado para o outro, murmurando alguma coisa que não consigo entender. As duas ou três pessoas que estavam ali perto nos olham assustadas, mas logo seguem com suas vidas. Ele continua em uma espécie de transe.

— O que você tá falando baixinho aí? — cutuco o ombro dele com o guarda-chuva.

— Você não acha que é um pouco tarde para ficar com a consciência pesada? — ele finalmente para e me encara com as mãos na cintura.

— Como assim? Por que...

— Eu vi você saindo da casa dela — ele aponta para trás. — Deveria parar de importuná-la, sinceramente. Você já conseguiu o que queria!

— Ah, é? E o que eu queria? — baixo o guarda-chuva, esperando a resposta.

— Você queria... — ele balança as mãos de um lado para o outro, apontando para si mesmo e depois para mim — ... *isto*.

Balanço a cabeça com o cenho franzido.

— Droga, Victória! Você queria a gente! — ele se aproxima, mas dou outro passo para trás. — Aliás, hoje faz quatro meses.

Sinto uma vertigem e dou mais um passo para trás, tropeçando. Rafael me segura pelo braço; o toque dele me dá ânsia de vômito.

— Me solta! — puxo o braço com força. Ele arregala os olhos.

— O que deu em você? Por que estava na casa da Amanda? O que ela te disse? — ele dispara mil perguntas, e minha cabeça está trabalhando sem parar para tentar entender tudo.

— Então — sussurro —, Amanda me odeia porque eu tô com você agora? — parece absurdo demais para dizer em voz alta, mas Rafael balança a cabeça em afirmação. — Como? Quan... por quê? — sinto meus pés me levando de um lado para o outro da calçada.

— O que deu em você hoje? — ele me pega pelos ombros, me forçando a parar. — Vai dizer que não se lembra daquela noite, na sua casa, quando você contou o que sempre sentiu por mim?

Afasto as mãos dele mais uma vez. Sinto o sangue esquentar e acabo elevando o tom de voz:

— Cara, o que foi que eu te disse? Que eu sempre te achei um enorme babaca e que Amanda merecia coisa melhor? — vejo o impacto das minhas palavras no rosto dele, mesmo que sejam mentira.

Quer dizer, eu nunca pensei tão mal assim do Rafael, mas também nunca nutri qualquer tipo de sentimento romântico por ele. Eca! Ele sempre foi o namorado da Amanda, era uma espécie de irmão para mim.

As bochechas do garoto ficam vermelhas, e seus lábios se tornam uma linha fina.

— Vicky... — ele passa a mão no rosto e dá um passo para a frente. — Quer saber? — um sorriso brota no canto da boca. — Eu posso jogar o seu jogo, é só me dizer o que devo fazer.

Ele esfrega uma mão na outra. Fico parada, sem reação.

— Você é mesmo um bobão, não é? Vá embora e me deixe em paz — dou as costas e sigo meu caminho de volta para casa.

Foi um grande erro ter saído de lá. Descobrir que minha vida está essa bagunça toda no futuro é horrível. Tudo está fora do lugar. Ainda me sinto sonhando. Enquanto ando, tenho a sensação de estar com frio, mesmo com o sol escaldante brilhando lá em cima. Refaço meu percurso a passos largos.

Quando estou quase me aproximando de casa, vejo um garoto virando a esquina e o reconheço imediatamente. Cabelos cacheados e volumosos, uma típica camisa preta com alguma banda indie e um livro pesado na mão direita. Não consigo processar a cena antes que ele suma de vista. Lembro do bilhete que venho guardando todo esse tempo comigo.

Pego a bolsa e procuro pelo bilhete, meio atrapalhada, já que estou segurando o guarda-chuva. Jogo-o em um canto no chão. Pego o celular na intenção de ligar a lanterna, mas me lembro que está desligado.

— Que ótimo! — jogo o aparelho de volta na bolsa. — Espero que só tenha descarregado mesmo e não esteja danificado quando eu voltar.

— Voltar para onde? — Rafael murmura atrás de mim.

Levo minha mão automaticamente ao peito com o susto.

— Você ainda tá aqui? — pergunto, sem olhar para ele.

— Eu já disse que você só precisa me explicar o que eu tenho que fazer...

— Não tem nada para você fazer — interrompo-o —, além de me deixar em paz. Seria ótimo se você fosse para casa.

— Vou te acompanhar até a porta antes — mesmo sem olhar para ele, sei que está estufando o peito, como fazia quando se encontrava com Amanda no portão da escola.

— Olha, sério — digo pausadamente, para ver se a informação entra nessa cabecinha oca —, eu preciso pensar, sabe? Toda essa coisa da mudança...

— Mudança? Que mudança? — ele me encara com a testa enrugada.

— Eu tô indo para o Canadá — cruzo os braços na altura do peito.

— Vicky, você tá toda engraçada hoje, falando um monte de coisa maluca — ele solta uma gargalhada, mas sua expressão ganha um tom de preocupação devagar. — Você não tá com saudade da sua avó e se culpando de novo, né?

— Por que eu me culparia? — deixo os braços penderem do lado do corpo.

— Bom, você sabe...

— Não, eu não sei... — dou de ombros e faço sinal para que continue falando.

— Ai, poxa vida — ele limpa o suor da testa e me olha; parece implorar para que eu diga que estou brincando. — Você... sabe... me disse que foi por sua causa. Não que eu ache isso! Não importa quantas vezes eu diga que você não tem culpa, você fica repetindo que tem, sim, sei lá.

— Não tô entendendo — sinto o coração acelerar enquanto aguardo a conclusão.

— Naquele dia, um pouco antes da véspera de Natal do ano passado, lembra? Você voltou para casa depois de uma chuva, toda estressada, e aí... — ele diz baixinho — ... você brigou com ela por causa de algumas luzes de Natal e falou várias coisas que a deixaram bem nervosa. Disse que estava cansada de tudo, que não queria mais lembrar. Sabe, essas coisas.

— E aí, o que aconteceu?

— Você não se lembra? — ele coloca a mão na minha testa. — Não parece estar com febre e age como se não lembrasse, sendo que não faz pouco tempo que você bebeu toda aquela cerveja e ficou chorando durante horas e me con...

— Bebi cerveja? — falo em voz baixa.

— O quê?

Mantenho os olhos fixos em algum ponto na minha frente, tentando entender como o que está sendo relatado acabou desencadeando minha situação atual. Eu nunca experimentei bebida alcoólica.

— Rafael, o que mais eu te contei?

— Você quer mesmo falar sobre isso?

Balanço a cabeça, confirmando.

— Nesse caso... — ele fecha os olhos e prossegue. — Você me falou que o pior de tudo foi ter dito que o culpado pela morte do seu avô e de todo o resto era Deus.

— Eu disse isso? — sinto um aperto no peito, uma sensação de que estou prestes a vivenciar uma dor terrível, como se meu pé estivesse flutuando na borda de um buraco negro, prestes a cair.

— Sua avó chorou muito, você me contou. Ela tentou falar com você sobre a fé, e você a empurrou, gritou com ela... e, então...

Ele fecha os olhos e balança a cabeça.

— Então o quê? — pego em sua camisa.

— Ela teve um ataque cardíaco e precisou ficar internada na UTI — ele engole em seco.

— Ela não se recuperou?

— Precisou de uma cirurgia de emergência, mas depois acabou pegando uma infecção hospitalar e ficou meses internada. Foi definhando, até que... você sabe — ele me olha como um cachorrinho abandonado pedindo por abrigo.

— Oh — solto a camisa de Rafael. — Eu matei a minha avó — sinto o peso das palavras caindo sobre os meus ombros, uma vertigem se instalando. — Como se já não bastasse ter sido a responsável pela morte do meu avô...

— Você sabe que não foi bem assim — Rafael me puxa para um abraço. — Não tinha como saber.

Os braços dele me circundam com força, e eu sinto cheiro de menta e de... Amanda?

Eca. Eca. Eca!

Não retribuo o abraço. Em vez disso, fico parada como uma estátua. Rafael percebe e se afasta, sem jeito.

— Eu gritei com ela, eu a deixei nervosa... eu... eu a empurrei. Pelo menos pedi desculpas?

Arrependo-me de ter feito a pergunta no segundo seguinte.

— Por que você tá perguntando isso tudo? Bateu a cabeça?

— Só responde, Rafael... Eu pedi desculpas? Eu... eu fiz alguma coisa? — sinto o peito dele arfar, cedendo.

— Você não a visitou nenhuma vez, apesar de todos nós termos implorado para que você fosse.

A minha vida no futuro está uma verdadeira bagunça. O que foi que me tornei? A pessoa responsável pela morte da própria avó! E, pelo que parece, minha versão atual nem se arrepende disso. Roubei o namorado da minha melhor amiga, que, aliás, não quer nem olhar na minha cara; estou de mudança para o Canadá, e o cara que fica tentando me abraçar o tempo inteiro nem faz ideia disso. Sinto uma dor que corta meu peito em centenas de pedacinhos. Fico paralisada pela crueldade que habita em mim, da qual eu nem fazia ideia.

— Mas o que é isso? — ergo os olhos para encarar Rafael, que tem uma expressão horrorizada no rosto. — Por que... Como assim? — ele aponta para a entrada da minha casa a alguns metros de nós, onde minha versão de short curto e cropped entra pelo portão sem notar nossa presença, batendo-o em seguida.

— Que roupas são essas? — pisco os olhos, boquiaberta. No fundo, eu espero que, ao abri-los, tudo não passe de uma miragem, mas nada muda, e vejo essa outra versão de mim, que parece ter acabado de sair de um filme de qualidade e objetivos duvidosos, rebolando para dentro de casa.

— Aaahhh! — Rafael solta um grito.

— *Shhhh* — tampo a boca dele e o empurro para trás de um ponto de ônibus.

No céu azul límpido, um trovão ecoa. Espio por uma abertura do ponto e vejo que a minha versão atual já sumiu pela porta. Isso me faz relembrar os vários filmes de ficção científica a que assisti. Na maioria deles, era sempre muito claro que duas versões da mesma pessoa não podiam coexistir no mesmo espaço-tempo.

— Você tá lá — Rafael olha para um ponto fixamente, sem piscar —, e você tá aqui.

— É uma longa história — dou uma batidinha no ombro dele. — Mas é importante você saber que eu, a versão do passado, sou a mais sensata, que eu jamais ficaria com você e que nunca magoaria a Amanda. É melhor você terminar com ela, tá? Digo, terminar comigo.

Rafael balança a cabeça em afirmação, como um pequeno robô de mesa, e eu quase volto a simpatizar com ele nesse momento. Com os olhos esbugalhados e todo assustado, parece ser vulnerável; dá até vontade de cuidar dele.

— Para de zoar, Vicky — sua voz sai trêmula.

— Quem dera eu estivesse...

— Você tá pregando uma peça em mim, não tá? — ele me olha estatelado. — Poxa, Vicky. Se queria terminar, era só me falar. Não precisava montar todo um circo.

— Mas eu não tô... Ah, quer saber? É isso mesmo! Se você vai ficar aí negando, acredite no que quiser. O que eu posso te dizer é que eu sou real e não sou deste tempo.

— Mas como? Por quê?

— Você acha que se eu soubesse ia estar aqui falando com você?

— Mas isso não faz sentido!

— Concordamos em algo.

Ele fica em silêncio, sem desviar o olhar.

— Você vai ficar me olhando até quando? É um pouco constrangedor, sabe?

— Tô tentando processar. Nem todos os livros e mangás do mundo me prepararam para viver algo assim. Acho que preciso voltar para Jesus, é o fim dos tempos.

— Você abandonou Jesus?

— Você fez o mesmo... — ele começa, mas logo se interrompe, confuso. — Ah! — ele esfrega a testa com a ponta dos dedos.

— Pois é, quem fez isso foi *ela* — aponto na direção da casa.

— Mais ou menos, né? — solta Rafael, quando viro a cabeça para encará-lo.

— O quê?

— Antes de eu ficar com você...

— Com *ela*.

Ele fica em silêncio por um segundo.

— Pois é. Você já tinha desistido de Jesus há muito tempo, nem no grupo de jovens ia mais. Se encontrava alguém da galera, até trocava de lado na rua.

— Nossa!

Fito Rafael, surpresa com sua sinceridade. Acabo me perguntando se até ontem (*meu* ontem) ele teria coragem de me falar uma coisa dessas. O rapaz apenas dá de ombros e aperta os lábios.

— Tem certeza de que não é uma pegadinha? — pergunta, depois de um momento.

— Rafael, tenha dó de mim. Eu já tô vivendo essa bagunça e ainda tenho que ficar repetindo para você que não sou deste tempo?

— Mas como eu vou saber que é real?

— Você a viu!

Ele me encara, mordendo o lábio inferior, e estou quase revirando os olhos quando finalmente dispara:

— Me mostra a tatuagem.

— Tatuagem?

— A que você fez nas costas.

Entreabro os lábios, chocada. Depois, giro o corpo em 180 graus.

— Veja você mesmo, então.

Ele afasta o meu cabelo para o lado, passa a mão nas minhas costas e solta um grunhido.

— É... é sério?

Volto a olhá-lo de frente, a cor do seu rosto se esvai.

— Muito! — faço uma careta. — Quer dizer que eu fiz uma tatuagem? Desde quando eu perdi o medo de agulhas?

Rafael continua encarando o nada, desnorteado.

— Então você veio... do passado. Mas... como? — repete ele.

— Não faço a menor ideia, mas preciso encontrar um jeito de voltar — dou uma olhada na direção da casa para conferir se não tem ninguém por perto e caminho decidida até lá.

— Tá doida? O que você vai fazer?! — Rafael me puxa pelo braço.

— Me solta! Eu preciso voltar para a entrada de casa, foi ali que eu *aterrissei*, então deve ser onde vou achar a chave, ou sei lá o quê, para voltar — tento caminhar, mas a mão forte de Rafael ainda me segura.

— Você não sabe que é perigoso ter duas versões da mesma pessoa na mesma linha do tempo? — sussurra, olhando para os lados.

— Eu sei, assisti aos mesmos filmes que você — tento puxar meu braço de novo.

— Se vocês se virem, só Deus sabe o que pode acontecer— ele me solta sem perceber. — O mundo pode entrar em colapso.

— Rafael, eu acabei de vê-la e tô vivíssima. Além disso, eu vou encontrar um jeito de voltar antes que esse reencontro aconteça.

Dou as costas para ele e avanço na direção da casa, mas, assim que chego ao portão, minha confiança se esvai. Ouço a mamãe gritando alguma coisa lá dentro e penso no que ela diria se visse duas versões da filha paradas em sua frente. Ou pior, o que o meu *eu* do futuro diria se visse a minha versão do passado.

Minha voz ecoa do interior da casa junto com o som de passos firmes. Meu coração acelerado sinaliza para o cérebro que preciso agir rápido, mas meus pés voltam a desobedecer aos comandos. Quanto mais urgência sinto em agir, mais pareço ver tudo em câmera lenta. O céu, agora com algumas nuvens escuras, rompe o silêncio com estrondos que me tiram do estado de choque. No mesmo momento, uma mão enlaça meu pulso e me puxa para a lateral da casa, para trás da árvore onde fica um balanço.

Segundos depois, minha versão do futuro está parada na varanda. Ela olha para os lados, mas não nos vê.

— Vocês são assustadoramente iguais — Rafael fala baixinho.

— Deve ser porque somos a mesma pessoa — resmungo.

— Olha, ela tá entrando — Rafael aponta com a cabeça. — Agora, você pode sair daqui pelos fundos.

— Preciso descobrir como faço para ir embora deste tempo.

— Ficando aqui, do lado da sua versão, não vai ajudar em nada — Rafael dá um tapinha na minha testa, como sempre faz quando implico com ele e Amanda.

Esfrego a pele no local onde bateu, e um silêncio constrangedor paira entre nós.

— Então, no dia que você veio, Amanda e eu ainda estávamos juntos? — ele coça a nuca, e suas bochechas incendeiam.

Arregalo os olhos, tomando consciência do que ele está falando.

— Ei, você ainda gosta dela? — pergunto mais alto do que deveria.

— Fica quieta! — ele sussurra. — Bom, acho que gosto pela importância dela na minha vida, sabe? Foi a minha primeira namorada, e nós ficamos juntos por muito tempo.

— Ontem, eu e Amanda fomos comprar seu presente de Natal — sorrio com a lembrança.

— Poxa, ano passado ela me deu um daqueles brinquedos... como é mesmo o nome? — ele fecha os olhos. — Acho que é cubo mágico. Nem sei onde o coloquei, mas era muito bonito.

— Ah, sim. Ela pagou caro demais, para variar.

Minha mente vagou no tempo de volta para aquele instante. Mais precisamente, para a senhorinha excêntrica com o café esfriando no copo, a mesma que havia me presenteado com o guarda-chuva. Será que ela sabia que era mágico?

— Guarda-chuva! — procuro-o na bolsa, mas não o encontro.

— Você tá procurando isso? — Rafael levanta o objeto vermelho e o balança um pouco acima da cabeça.

— Isso. Devolve! — tento pegar, mas ele é muito alto.

— É com essa coisa que você tá saltando o tempo?

— Pode ser que seja... Me devolve agora!

— Eu poderia experimentar? — ele posiciona o dedo na direção do botão de abrir.

— Não é assim que funciona — digo, entredentes, e fecho os punhos com força.

— Só vou abrir, para confirmar.

Quando o faz, seguro a respiração, mas nada acontece. Rafael olha desapontado para o alto e fecha o guarda-chuva. Em seguida, devolve-o para mim. Puxo-o de sua mão com força.

— É. Não funciona assim. Como você faz?

— Se eu soubesse, não estaria aqui olhando para essa sua cara feia — digo, enquanto fecho o zíper da bolsa.

Ele solta um riso baixo e me olha de um jeito meio bobo.

— O que foi agora?

— Sei lá, acho que sinto falta de como as coisas eram.

Pergunto-me se as minhas decisões foram as responsáveis pela bagunça na vida das outras pessoas. Todos que encontrei aparentam estar cansados, infelizes e um tanto irritados comigo. Fito Rafael. Uma mancha escura ao redor dos seus olhos opacos, seu rosto um pouco mais fino do que costumava ser, nenhum sinal de alegria ou alguma mínima satisfação.

— Como você e eu acabamos juntos? — não consigo esconder o embaraço na minha voz.

Ele fica em silêncio por um minuto.

— Dá para perceber que você é *mesmo* do passado — abre um

sorriso fraco. — Você mudou muito depois do que aconteceu com a sua avó.

— Isso é loucura — afundo o rosto nas mãos.

— Amanda ficou possessa quando nos pegou naquele dia.

— Quer dizer que, argh... — balanço a cabeça para espantar a imagem que surgiu em minha mente. — Você ainda estava com ela quando... quando...

— Sim. Aí terminamos.

— Óbvio! — volto a esconder a cabeça. — No que foi que me transformei?

Rafael não fala nada, mas sinto o peso dos seus olhos sobre mim. Nunca pensei nele de forma romântica. Na minha mente, ele sempre foi o par da minha melhor amiga: Amanda, a pessoa que sempre me acolheu, entendeu e respeitou minhas escolhas, com quem dividi medos e alegrias. No pior momento da minha vida, quando meu avô morreu, foi ela que me ajudou com o luto. Como eu pude traí-la dessa forma?

— Ei, Vicky — Rafael me chama de volta para a realidade —, desculpa por ter te beijado aquela hora.

Faço uma careta involuntária.

— Tudo bem, você não sabi...

— Vicky, vem almoçar! — ouço minha mãe chamar no interior da casa.

Sei que a ideia é péssima, mas sou envolvida por uma vontade incontrolável de me ver mais de perto. Ignoro a recriminação de Rafael e, curvada, rodeio a casa até a parte de trás, onde fica a cozinha. Ainda não tiraram a cortina de renda, então me escondo no nosso limoeiro para observar o que acontece lá dentro. Assim que entro na cozinha — a eu do futuro —, o vento muda aqui fora, e o céu parece se movimentar mais uma vez.

— Deve ser bem estranho ver você mesma sentada ali.

Dou um pulo com o sussurro de Rafael, que se posicionou atrás de mim sem que eu notasse. Depois, franzo o cenho e forço os olhos para observar a cena.

— Ainda mais com essa cor de esmalte ridícula — balanço a cabeça em desaprovação ao perceber as unhas rosa neon e em formato *stiletto*.

Olho para as minhas unhas de sempre, malcuidadas e quebradas em várias partes.

Rafael solta uma risadinha, e as duas mulheres no interior da casa olham desconfiadas para a janela. Puxo-o pela blusa mais para baixo, encarando-o com severidade. Ele dá de ombros, pedindo desculpas. Abaixados, ficamos em silêncio por um tempo.

— Então, quer dizer que você... ah... *ela* — aponta para a casa — tá se mudando para o Canadá?

Faço que sim com a cabeça.

— Uau — ele balança o cabelo. — Você... quer dizer, *ela* nem pretendia me contar.

— Será que eu fui trocada?

Rafael me encara com confusão.

— Pensa bem, faz sentido. Vai ver é por isso que vim parar no futuro! Porque preciso desmascarar essa Victória falsa.

Ele esboça um sorriso triste. Ops! Esqueci que estava falando com o namorado dela.

— Sinto muito — dou um tapinha no ombro dele e resolvo mudar de assunto. — Você sabe se eu tô fazendo o curso de economia?

— Ah, era seu *plano infalível*? — ele dá de ombros. — Você abandonou tudo, vivia falando para Amanda que planejar essas coisas era besteira e que foi o pior investimento de tempo que fez na vida.

— O quê? — falo alto demais.

Um barulho de vidro quebrando ecoa no interior da cozinha. Me levanto para espiar o que aconteceu e vejo minha mãe juntando com uma pazinha o que um dia foi um copo. Procuro pela Victória do futuro e só me dou conta de que ela está parada no outro lado da janela tarde demais. Os olhos dela estão sem brilho, a boca semiaberta. Ela me viu.

— Aaaaaaaaaaahhhh!

Nossas vozes se misturam em um só grito, e um trovão irrompe. De repente, uma chuva torrencial cai sobre a minha cabeça. Mais e mais trovões surgem, e inúmeros raios cortam o céu, iluminando as repentinas nuvens escuras. Dou uma última olhada para a garota na janela e saio correndo para a frente da casa, em direção à rua. Rafael me segue e grita para que nos abriguemos no ponto de ônibus. Corro o mais rápido que consigo.

A memória do meu reflexo vem como flashes em minha mente. Quanto mais eu corro, mais minhas pernas cansam e mais as palavras que ouvi de Rafael vão fazendo sentido. Em um ano, me transformei em outra pessoa, tão diferente de quem eu realmente sou. Aquela Victória na cozinha da minha casa não sou eu. Não foi para *isso* que me esforcei tanto, que dediquei todas aquelas horas de estudo. Eu jamais deixaria minha avó morrer sem dizer para ela que sempre a amei e sem pedir perdão por não confeitar as bolachas com ela e por ter gritado... e eu jamais diria que Deus é o culpado por tudo isso, jamais.

Estou longe de casa, a uma distância que considero segura. Diminuo o passo. Meu estômago embrulha, não sei dizer se pelo esforço da corrida ou se pelos olhos tristes que acabei de ver. Pode ser fruto da minha imaginação ou do medo, mas aqueles olhos, *os meus olhos*, se misturavam com o céu cinza e tempestuoso acima da minha cabeça.

Olho para trás e percebo que Rafael desistiu de me seguir. As ruas estão vazias, e a chuva fria se mistura com as minhas lágrimas quentes. Paro de caminhar e deixo minhas costas descansarem no muro de uma casa. As gotas pesadas da chuva ferem a minha pele, só não mais do que a lembrança daqueles olhos. *Dos meus olhos.* Como é possível mudar tanto assim em um ano? Passo a mão pelo rosto, tentando em vão secar a pele. Pego o guarda-chuva na bolsa encharcada e desamarro a fitinha que o mantém fechado. Minha mente se agita.

— Eu preciso encontrar um jeito... preciso — abro o guarda--chuva e o coloco, finalmente, sobre a minha cabeça.

Um suspiro, e estou de volta à ponte sem fim. Esfrego os olhos, e lá estão todas as estrelas cochichando e dançando no mesmo embalo. Desta vez, porém, o céu não está tão escuro. No horizonte, é possível ver uma corzinha, quase como se estivesse prestes a amanhecer.

Eu não estou mais molhada, nem mesmo o meu cabelo volumoso parece úmido. Dou uma voltinha, e as estrelas começam a cantar em uníssono.

Você sabe o que fazer, pequena viajante! Você sabe o que fazer, pequena viajante! Você sabe o que fazer, pequena viajante!

O cabo do guarda-chuva apoiado em meu ombro começa a esquentar. Trago-o para a frente dos olhos e o analiso, enquanto sinto as mãos arderem como se segurassem um pedaço de brasa. As vozinhas das estrelas continuam ecoando.

Você sabe o que fazer.

Franzo o cenho, encarando o guarda-chuva, e então, em obediência, finalmente o fecho.

6
VEJA A NEVE CAIR PELA PRIMEIRA VEZ ENQUANTO SEU REFLEXO SECA LÁGRIMAS

Que lugar é esse?

Quando meus olhos voltam a se ajustar, vasculho o ambiente em busca de qualquer informação que possa me dizer onde estou. No entanto, não há nenhum indício de que alguém resida aqui. A sala é organizada com precisão milimétrica, assemelhando-se aos estandes de feiras de arquitetura e engenharia que sempre cativaram Amanda.

Cortinas pesadas separam o mundo interior do exterior. Ao abrir uma delas, deparo com a cena mais chocante da minha vida. Meus joelhos quase me traem quando vejo a imensidão da avenida e o tráfego logo abaixo.

— Ok, tudo bem — levo a mão ao peito, tentando relaxar.

Alguns prédios possuem letreiros em inglês, a maioria desejando ótimas festas de final de ano. Um Papai Noel balança um sininho na calçada, com uma placa que não é legível de onde estou. Observando tudo isso, mal me dou conta dos pontinhos brancos que começam a cair do céu.

— Isso é neve? — grito. — Não posso acreditar!

Destravo a janela e estendo a mão para pegar um pequeno floco. Sinto o toque gelado na pele e, mesmo que o frio cortante me faça estremecer, apoio os cotovelos no parapeito para admirar a paisagem.

— Ai, isso é tão lindo!

A neve cai sobre as decorações natalinas da rua. O trânsito está totalmente parado, mas as luzes dos carros embelezam ainda mais a cena, como em uma produção da Hallmark. Em alguns pontos, é possível ver o vapor saindo dos bueiros. As poucas pessoas que caminham pelas ruas estão usando luvas, toucas e casacos enormes. Elas sorriem e conversam em voz alta.

Suspiro, sonhadora. O lugar parece ter saído de uma cena de filme. No meio do meu encanto, o som de vozes e de uma fechadura digital se abrindo me desperta do sonho.

Olho com desespero para os lados, em busca de um lugar para me esconder. Meus olhos miram a cortina. Tropeço em meus próprios pés e me cubro com o tecido no tempo exato em que a porta abre.

— Brr! — uma garota bufa. — Eu odeio essa neve! E aqui dentro parece mais frio do que lá fora! — ela se aproxima da janela. — Quem foi que deixou a janela aberta, pai?

Por uma pequena fenda no tecido, consigo enxergar a pessoa com quem ela está falando. É o meu pai, a apenas alguns centímetros de mim. Meu coração bate tão forte que tenho medo de que eles possam me descobrir no esconderijo a qualquer momento.

— Não sei, Victória — a voz grave e desanimada ecoa no ambiente. — Apenas feche.

Controlo a minha vontade de correr para os braços dele. Faz meses que não o vejo, desde que se mudou para o Canadá depois da morte do vovô. Eu me controlo o máximo que posso, afinal seria difícil explicar por qual motivo existem duas *Victórias* na mesma sala.

— A mamãe que gostava de abrir as janelas assim — a Victória do futuro diz.

Do ângulo onde estão agora, o tecido da cortina não me possibilita ver quase nada, com exceção de alguns pontos de luz.

— Sim, mas ela não está aqui — papai suspira. — O vento deve ter aberto a janela.

— E se alguém tentou entrar enquanto estávamos fora?

— Vicky, por favor... — ouço a voz do meu pai mais próxima.

— Estamos no quarto andar. A menos que a pessoa se teletransportasse para cá, seria impossível.

Então, papai... foi quase isso que aconteceu.

— Eu só acho estranho ela se abrir sozinha, nem tá ventando muito... — ouço o clique da janela sendo fechada.

— Ouvi no jornal que vamos ter uma tempestade e tanto hoje à noite — a voz de papai soa mais longe. Ouço-o abrir uma embalagem e falar com a boca cheia: — Melhor fechar as cortinas também.

Não, não, não!

Prendo a respiração, enquanto desejo com toda a força voltar para o passado. Seria uma boa hora para que as estrelas dançantes e cantantes fizessem alguma coisa, porque eu ainda não sei como é que esse mecanismo de viagens funciona. O som de algo se espatifando no chão me salva.

— O que foi isso? — minha outra eu pergunta. — Midnight?

Mid... quem?

— Vem aqui, meu gatinho, onde você está? Vem, meu bebê... Midnight? — a voz se perde em algum outro cômodo.

Eu tenho um gato? E o chamo de *bebê*? Sério. Eu fui trocada, não é possível. Meu pai abre um refrigerante, e oro em silêncio para que ele se esqueça de vez das cortinas. Nem preciso dizer amém. Para o meu alívio, o celular toca.

— Oi, meu amor — a voz de papai fica um tom mais fino, e é estranho ouvi-lo falar assim com a mamãe. — Não, querida... — ele suspira. — Eva, tá tudo bem, amanhã a gente se encontra. Eu precisava jantar com a Victória hoje, há meses não tínhamos esse tipo de momento... Eva...

Eva? Quem é essa mulher?

— Tá falando com a amante de novo? — minha versão do futuro volta para a sala.

— Victória, eu tô no telefone, respeite... — ele interrompe a fala e se volta para o celular outra vez. — Não, escute... eu sei, mas vamos ver isso. Tá bom, querida.

— *Tá bom, querida...* — a garota fala com a voz de uma criança birrenta.

— Beijo, também amo você — papai faz um som de beijo estalado.

Sinto uma vontade enorme de vomitar.

— Nossa, que nojo. Qualquer dia desses eu passo mal com toda essa melosidade de vocês — a outra Victória fala.

Pelo som que se segue, ela deve ter se jogado no sofá.

— Victória, nós já conversamos tantas vezes sobre isso. Você não acha que está na hora de aceitar que Eva é minha namorada?

Consigo espiar pela frestinha da cortina e observo meu pai. Cabelos grisalhos e testa enrugada. Como é possível ter envelhecido tanto?

— Pai, preciso te lembrar que você traiu a mamãe enquanto ela estava dando tudo de si para se adaptar a este país para onde você nos arrastou?

Pela primeira vez, consigo enxergar essa minha versão do futuro. Os cabelos estão curtos, em um estilo Amélie Poulain, e há uma tatuagem esquisita na nuca, cheia de símbolos místicos. Quando foi que eu perdi o medo de agulhas, para não falar do bom gosto?

— Olha, Victória, eu não quero ter essa conversa com você *de novo*... não na véspera de Natal — papai passa a mão pela cabeça e sai do apartamento.

Sinto a garganta secar e me apoio na parede, desejando secretamente ser sugada para dentro do concreto. As coisas estão ainda mais estranhas. Há tanto que não consigo entender... Meus pais sempre foram um exemplo para mim, e agora estou diante de um cenário que nunca cogitei. Meu casal preferido número dois. Todas as minhas expectativas de relacionamento se baseavam na forma como eles conduziram a própria relação.

Será que tudo não passa de um sonho? Ou melhor, de um *pesadelo*? Não pode ser que *esse* seja o meu futuro. Parece que me perdi, que minha família se perdeu, e está tudo uma bagunça. Talvez seja um universo paralelo, e tudo isso não passe de uma linha entre bilhões de possibilidades. Eu preferiria que essa linha não existisse.

Quero acreditar que bati a cabeça, que estou em coma, que nada disso é real. Pais separados, sonhos desfeitos, um mau gosto terrível, e estrelas que cantam e dançam. Tudo não passa de um delírio criado pela minha mente criativa.

— Eu sei que você tá aí, pode sair — meus pensamentos são interrompidos pela garota sentada no sofá.

Meu coração volta a acelerar. Será que ela sabia esse tempo todo que eu estava aqui, atrás da cortina? E o que eu faço agora?

— Vem, pode vir... — ela torna a falar.

Fecho os olhos e saio de trás da cortina, a tempo de ouvi-la dizer:

— Midnight, pode vir aqui.

Me abaixo rápido, escondendo-me atrás do sofá.

— Será que pelo menos você me entende, meu bebê? — a Victória sentada no sofá funga. — É, gatinho, as coisas parecem estar piores a cada dia, e eu me pergunto onde foi que eu errei. Faço uma careta ao ouvi-la chamando o gato de "bebê". No entanto, suas palavras apertam meu coração. Sinto vontade de ir até lá e abraçá-la. Assim que essa ideia passa pela minha mente, as janelas tremem com uma rajada de vento.

— Uma tempestade chegando... e eu estou sozinha.

O gato resmunga um miado e ronrona tão alto que consigo ouvi-lo.

— Eu sei, amiguinho... mas você não entende. Uma tempestade é muito mais assustadora quando não se tem ninguém por perto. É como estar em um barco em alto-mar, sozinha, sem ter noção de como navegar — ela assoa o nariz antes de continuar.

— Na verdade, até mesmo uma simples chuva se torna assustadora quando não se tem alguém para dizer que tudo vai ficar bem. Enfim, talvez eu mereça me sentir dessa forma.

Encolhida, apoio a cabeça nos joelhos. Não sei como é me sentir sozinha desse jeito. Tenho uma melhor amiga; mesmo quando mamãe está ocupada demais, sempre encontra um jeitinho de me mandar uma mensagem para saber se está tudo bem; meu pai até que é bem presente, apesar de morar longe e em outro fuso horário; sem mencionar a vovó, que sempre está do meu lado e me faz sentir em casa, acolhida e amada. Quantas vezes eu disse não para eles? Me recusei a sair com minha melhor amiga, não atendi ao telefone, ignorei as mensagens do papai e a companhia da vovó.

Meu peito arde como se eu tivesse acabado de engolir café fervendo. Levo a mão até ele e o massageio. A dor piora conforme percebo que sempre fui amada pelas pessoas ao meu redor, mas que fiz tão pouco em contrapartida. Até mesmo para o meu avô. Será que ele sabia que eu o amava?

— Midnight — a garota no sofá fala com o gato novamente —, a única pessoa que me entenderia está morta. Me pergunto se... — ela faz uma pausa. — Ah, deixa para lá. Nada disso faz sentido.

É incrível como as circunstâncias exercem efeitos sobre nós. Será que tudo começou com a morte do vovô? De fato, tanta coisa mudou desde que ele partiu... e, pelo jeito, continua mudando. Uma nuvem pesada paira sobre a minha cabeça. Se tudo isso não é um sonho ou pesadelo, mas sim algo que vai acontecer, por que eu estou vendo? O que devo fazer com essas informações?

Uma nova rajada de vento balança as janelas. O frio do lado externo parece invadir a casa. Olho para o meu vestido e depois para a janela, que começa a acumular flocos de neve. Parece real demais para um sonho. E eu ainda consigo sentir o perfume da minha versão do futuro, uma mistura doce e enjoativa. Concentro-me e olho para a luz no teto, a fim de evitar que uma avalanche de espirros saia de mim.

Victória se levanta do sofá, e eu peço a Deus que ela não me veja ali. Não sei quais são as regras dessas viagens no tempo, mas não quero testar para descobrir o que aconteceria se ficássemos frente a frente, sem uma janela entre nós desta vez. Um frio atravessa minha espinha só de imaginar.

Para o meu alívio, ela arrasta os pés em direção ao corredor do apartamento, apaga as luzes e me deixa no escuro, enquanto a neve continua batendo na janela. Em algum lugar, é possível ouvir o vento uivando. Fico sentada e encolhida por um bom tempo, até o som do chuveiro ecoar pelo apartamento. Quando decido que é seguro me levantar e encontrar uma forma de sair dali, o gato alaranjado aparece e se senta na minha frente.

— Oi, gatinho — sussurro. — Você tem um nome bem curioso.

Ele ronrona, se esfrega em meu calcanhar e então para, olha para mim e depois na direção da porta, repetindo o movimento três vezes.

— Você tá tentando me dizer alguma coisa? — pergunto para o gato.

Ele repete o movimento, mas desta vez se levanta e vai até a porta, onde se senta. Então, permanece me encarando com seus olhos verdes penetrantes.

— Ok, se estou mesmo fazendo viagens para o futuro, não me custa nada acreditar que você está me dizendo para segui-lo — dou de ombros e caminho na ponta dos pés até a porta.

Vejo os casacos pendurados e penso que é melhor me prevenir.

— Olha, eu não tô roubando — pego um casaco amarelo —, esse deve ser meu mesmo, não é?

O gato apenas lambe a patinha, como se não estivesse nem aí para o que estou fazendo. Depois de conseguir fechar o casaco e pegar um gorro, abro a porta em silêncio. O frio do corredor me recepciona, mas possivelmente nem se compara com a temperatura do exterior do prédio.

— E então, para onde devo ir? — pergunto para o gato.

O bichano me olha com a pontinha da língua vermelha para fora da boca. Quase consigo ouvi-lo dizer *"não faço a menor ideia, esse é um problema seu".*

— Ok, acho que eu devo ir sozinha — me abaixo e faço um cafuné atrás da orelha peluda. — Foi um prazer conhecê-lo. Acho que você é o primeiro gato de que gosto.

Midnight levanta o rabo e me dá as costas, voltando para a sala. Fecho a porta com gentileza e, assim que ouço o clique da fechadura, me sinto como uma criança que foi abandonada à própria sorte em uma festa de final de ano na rua.

Vou até o elevador, mas, antes de apertar o botão, desisto da ideia. Se eu encontrar algum conhecido, vai ser difícil me explicar. Opto pelas escadas. Conforme desço, lembro da conversa que acabei de escutar. Mal posso acreditar que meus pais não estão mais juntos. Talvez eu devesse ter aparecido na frente do meu pai e gritado com ele. Como ele pôde trair a mamãe?

Sinto as lágrimas chegarem sem convite. Deixo o corpo desabar no próximo degrau. Perguntas e mais perguntas começam a despontar em minha mente. Será que estou aqui por que preciso fazer algo para mudar a situação? Será que a culpa disso tudo é minha?

— Brigou com seu pai de novo? — uma voz grossa me tira da terra dos pensamentos.

Com o coração acelerado, olho para cima. Com um lenço estendido em minha frente, está o garoto mais lindo que já vi em toda a minha vida!

— Toma, seque essas lágrimas — diz, depositando o lenço em minha mão. — Vamos sair daqui, vou te levar para tomar um chocolate quente.

— Não... não — consigo dizer, ainda que baixinho.

— Vicky, eu sei que você tá precisando disso — ele me puxa e sorri. — Eu amo quando você faz essa cara...

Fico em pé, e ele se aproxima de mim.

— Ah... você ama? Que cara?

— Essa... — ele passa a mão pelo meu rosto e sinto meu corpo se retrair. — De criança perdida.

— O que...

— Olha, Vicky... você sabe o quanto eu te amo — ele contorna meu rosto com a mão. — Aliás, você mudou alguma coisa? Parece que tem algo diferente...

Lembro da Victória do tempo atual e do seu cabelo chanel e agradeço por ter colocado esse gorro. Do contrário, teria que inventar um aplique.

— Ah, é... devem ser os produtos de *skincare* que tô usando — solto um sorriso amarelo, o que, de alguma forma, o encoraja a chegar mais perto.

— Pensei que você não ligasse para essas coisas.

— Oh, eu tô experimentando, sabe?

Dou um passo para trás, e ele dá um passo em minha direção. Seus olhos parecem se divertir com a situação toda. Sinto o impacto da parede atrás de mim. Ele apoia uma mão de cada lado. Fico presa desse jeito. O rapaz é alguns centímetros mais alto do que eu e me encara com os olhos azuis divertidos, com um sorriso que faz suas covinhas aparecerem.

— Quer experimentar algo diferente hoje à noite, comigo?

— Acho que não vai dar, tenho alguns compromissos — aponto para as escadas e tento me desvencilhar, mas ele é mais rápido e me mantém presa contra a parede.

— Por que está fugindo do próprio namorado?

— Quê?

Ele fecha os olhos e inclina a cabeça na minha direção. Ele quer me beijar? Eu não posso beijar esse garoto! Eu não posso beijar o namorado de outra garota, *de novo*, ainda que essa garota seja eu. Mas, nossa, ele é lindo demais. Que confuso, *céus*! Com aqueles lábios quase encostando nos meus, escorrego pela parede e desço alguns degraus, virando o corpo para ele a tempo de notar sua cara de decepção.

— O que foi, Vicky? — ele abre os braços, confuso.

— Ah... bem — *pensa rápido, pensa rápido* —, é que eu comi um creme de alho agora há pouco?

Forço uma tossidinha para disfarçar o fato de que a minha desculpa saiu como uma pergunta.

— Nada a ver isso... — ele volta a se aproximar.

— Mas eu não quero, ok? — estendo a mão contra o peito dele. Ele pende a cabeça para o lado.

— Sério? — agora, quem parece uma criança perdida é ele, que me encara com o rosto franzido. Lentamente, sua expressão se suaviza e uma curva surge em seus lábios.

— Te amo — ele solta, de repente, e me puxa para um abraço.

— Você sabe que pode contar comigo.

Eu me sinto confortável dentro do abraço do garoto bonito. Meu braço enlaça a cintura dele, e minha cabeça descansa satisfeita em seu ombro largo. Desde que essa loucura começou, é o primeiro momento em que me permito acreditar que as coisas vão se acertar no final, que tudo vai dar certo de alguma forma, ainda que eu nem conheça esse garoto. Ele parece ser bom e gentil, e parece me tratar bem.

— Olha, me perdoa... — o garoto, cujo nome eu nem faço ideia, sussurra em meu ouvido.

Franzo a testa. Uma pequena luzinha de alerta se acende na minha mente. Por que a minha versão do futuro se sentiria sozinha se tem um namorado como esse?

— Pelo quê?

— Você sabe... — ele suspira.

— Não, eu não sei — só me lembro que a *Vicky da atualidade* sabe segundos depois. — Ah, quer dizer...

Ele me solta e me encara com os olhos irritados, lançando chamas na minha direção.

— Você quer que eu te fale. Por que você é sempre assim? Eu já disse que vou terminar com ela...

— Terminar? — leva um tempo para que a frase faça sentido em minha mente.

— Eu vou, Vicky... Não tô brincando, é só porque não queria terminar agora que ela tá voltando do Brasil. Seria muito difícil para ela... Um divórcio leva tempo.

Pisco os olhos, sem conseguir mover um músculo. Minha mente processa as palavras como em câmera lenta. Abro a boca e volto a fechá-la. Minha voz sai em um tom rouco e desafinado:

— Quer dizer que eu sou a outra?

Ele arregala os olhos e contrai o rosto, como se estivesse genuinamente ofendido.

— Não é assim, você é quem eu realmente amo...

Viro de costas, descendo as escadas com tanta pressa que pulo vários degraus ao mesmo tempo. Chego ao saguão do prédio e o atravesso sem pestanejar. O frio do lado de fora me recepciona de forma brutal. Com os lábios tremendo, olho para trás, não vejo nem sinal do garoto, mas sinto como se tivesse alguém me observando. Espio todos os lados, porém não vejo nada.

De repente, meus olhos são atraídos para o alto. E lá está.

Encaro minha própria imagem na janela do quarto andar. Nossos olhares se cruzam, e o céu é partido ao meio com um relâmpago. A neve, que até então caía em flocos finos e delicados, desaba do céu como pequenas pedras de gelo. Dou uma última olhada para a garota, tiro o gorro da cabeça e pego o guarda-chuva.

No segundo seguinte, estou de volta à ponte, no meio do nada.

UMA MEMÓRIA INCANDESCENTE E PÓ DE ESTRELAS PARA DORMIR

— Qual é o propósito disso? — grito para as estrelas tão logo sinto meus pés se firmarem na maciez da ponte sem fim. — Eu quero saber que lugar é esse e por que vocês estão fazendo isso comigo! — bato o pé em exigência.

O céu já não está tão escuro, o silêncio é perturbador. Não há um movimento, e as estrelas parecem congeladas: não cintilam nem sussurram.

— Ah, vocês não vão falar nada desta vez? — resmungo, enquanto me sento no chão. — Que conveniente!

Faz horas que estou viajando pelo futuro. Minhas pálpebras pesam. A percepção do cansaço do meu corpo é intensificada pela sensação de maciez ao me deitar. Admiro o espaço acima de mim. A vista é incrível: milhares de luzinhas no infinito. Eu pisco por um momento. Quando volto a abrir os olhos, o céu está diferente, parece mais rígido; as luzes das estrelas se tornaram escassas e redondinhas. A visão é familiar, como o teto da velha barraca furada que eu tinha no quintal. Sento-me e observo em volta. É exatamente onde estou! Só que essa barraca não existe há pelo menos dois anos, quando finalmente tivemos coragem de comprar uma nova.

Isso só pode significar uma coisa. Estou... no *passado*?

Eu pensei que o guarda-chuva só me permitisse ir para o futuro. Viro o corpo e dou de cara com um emaranhado de cabelos cacheados. Levo as mãos à boca para evitar o grito e me sento. Deitada ao meu lado está uma pequena Victória, com seus pequenos bracinhos segurando uma lanterna. Ela ressona baixinho, e, em um flash de memória, me recordo desse dia.

Era verão, e a previsão do tempo indicava uma noite tranquila e estrelada. Depois de choramingar durante duas semanas, meus pais permitiram que eu acampasse no quintal. Mas, espera aí...

Um estrondo no céu me faz lembrar o que aconteceu naquela noite. No segundo seguinte, uma chuva começa a castigar a frágil barraca, como se baldes cheios de água fossem virados aos montes a cada instante. A menina ao meu lado acorda. Seguro a respiração, afinal não tenho para onde correr.

Ela olha assustada para todos os lados, mas não esboça reação ao olhar na minha direção.

— Victória? — testo.

Ela não parece ter me ouvido. Estico o braço para tocar nela, contudo, assim que meus dedos a alcançam, sua pele se desfaz como centenas de partículas de poeira. Afasto a mão, assustada, e tudo volta a se recompor. Ainda estou olhando para a minha mão, quando o choro de pesadas lágrimas da minha versão do passado capta minha atenção. As sensações que vivenciei naquele dia se tornam vívidas em meu íntimo, quase palpáveis.

Consigo me lembrar perfeitamente do medo que a garotinha está sentindo. Tudo parece tão real. A adrenalina corre pelas minhas veias. Quero falar para a pequena Victória que é muito simples voltar para casa, basta atravessar o quintal, porém um sopro de vento me faz pensar se eu teria a coragem necessária para sair dessa barraca no meio da tempestade. Não é um trajeto longo, mas tanto a garotinha quanto eu estamos paralisadas, incapazes de abrir o zíper da portinha de plástico e sair correndo.

A menina seca uma lágrima na manga da camisa, dá uma última fungada e une as mãos na altura do peito. Enquanto ela ora, o vento castiga a barraca com violência. Será que eu deveria começar a orar também?

— Senhor, por favor, me ajuda! — a voz infantil quebra o silêncio. — Eu não quero que essa barraca saia voando, não quero ser carregada pelo vento e virar notícia de jornal.

O exagero me faz soltar um risinho, mas ele é rapidamente desfeito pelo som de um trovão que me faz estremecer da cabeça aos pés. Apesar de não ter entrado um pingo, tenho a sensação de estar me afogando na água da chuva. A barraca começa a balançar mais ainda, e uma pequena parte do zíper começa a se abrir. Quando passo a acreditar que vamos mesmo ser levadas pela tempestade, sou surpreendida de novo pela mesma coisa de anos atrás. Uma mão forte atravessa a pequena abertura e puxa o plástico da portinha para fora. Dele, surge o rosto sorridente do meu avô.

— Vovô! — eu e a pequena Victória falamos juntas.

Fico em pé em um instante, com o coração quase saltando pela boca, e corro para abraçá-lo. No entanto, assim como aconteceu com a menina, tão logo o toco, seu corpo se desfaz.

Retomo minha posição, a alguns centímetros de distância, enquanto a imagem se recompõe. O choro se acumula na minha garganta, e sinto o coração arder. Vovô sorri e estende a mão. Tento pegá-la, mas a Victória criança é mais rápida. Ele puxa a menina para debaixo do guarda-chuva, e os dois saem correndo pelo gramado encharcado. Saio da barraca e atravesso o quintal, me protegendo da chuva com os braços. É só no meio do caminho que percebo que não estou me molhando. Abro as mãos em concha, esperando enchê-las de água, mas o líquido se desfaz em uma poeira dourada quando encosta em mim.

— Essa chuva nos pegou de surpresa, não é, minha querida? — a voz de meu avô atrai minha atenção.

Alcanço a porta de casa no momento em que ele está estendendo uma toalha para a pequena Victória.

— Na próxima vez, vamos conferir a previsão do tempo antes.

— Não tem próxima vez! Depois dessa, não quero nem chegar perto de barracas — a menina fala, fazendo beicinho.

— Não diga isso! Foi apenas um pequeno desafio.

— Para mim, pareceu um desafio gigante. Lá fora, sozinha, e sem ninguém para me ajudar.

Vovô sorri.

— Mas você não estava sozinha — ele fala, com aquela firmeza que somente os avós possuem.

— Estava, sim, não tinha ninguém comigo.

— Você está se esquecendo de alguém muito importante — vovô aponta com o dedo indicador para o alto.

— Ah, tá — a pequena eu diz, com os ombros caídos.

Apesar do momento de oração na hora do desespero, lembro-me de que, naquela semana, eu tinha ouvido de um colega da escola que Deus era uma mentira. O menino era o tipo inteligente que as professoras sempre elogiavam, tirava as maiores notas e era presidente do Grêmio Estudantil Júnior.

— O que foi, pequena? Por que está assim? — vovô me encara com olhos gentis.

— Para o senhor eu posso contar — ela sussurra, depois de um momento em silêncio.

Eu sempre soube que podia contar tudo para ele, sem me sentir julgada ou incompreendida.

— É que ultimamente tenho pensado muito sobre Deus e acho que não acredito mais. Não faz muito sentido para mim, prefiro acreditar nas coisas que posso ver e entender.

Essas foram as palavras que meu coleguinha da escola havia utilizado.

— Entendo.

Ele fica em silêncio um tempo, antes de se levantar e abrir a porta. Lá fora, a chuva já não está tão forte, mas o vento sopra de modo que as plantas da entrada dançam de um lado para o outro. Vovô fica parado ali por alguns minutos. Olhando para ele agora, talvez estivesse orando, pedindo por sabedoria para falar comigo sobre Deus. Era o tipo de coisa que ele fazia.

— Venha até aqui.

Obedeço, consciente de que ele está falando com a pequena Victória, até que ela praticamente atravessa o meu corpo. É estranho, pois não sinto nada. Eu e minha versão criança ficamos paradas ao lado do vovô, observando a noite chuvosa. Ficamos assim por um bom tempo. Eles observam a chuva, e eu não consigo tirar os olhos do meu avô, tão alto e cheio de saúde.

— Quando eu tinha quinze anos — vovô quebra o silêncio —, decidi que não acreditava mais em Deus. Havia uma garota na minha rua, e ela era do tipo que não queria saber nada sobre Jesus, mas eu queria saber tudo sobre ela.

— A vovó sabe disso? — a pequena Victória pergunta, olhando para os lados.

Vovô continua a sua história, sem ligar para a interrupção.

— Começamos a andar juntos, e me apaixonei perdidamente por ela. Era linda de doer. Toda vez que a via chegando, parecia que meu coração era arrancado do peito.

— Credo, vovô.

— Um dia você vai entender — ele afaga o cabelo da pequena Victória, e eu sinto uma inveja tremenda dessa garotinha, ainda que ela seja eu —, e vai se lembrar dessa conversa.

Ele estende a mão para fora, e, como a entrada da casa não tem um telhado de proteção, logo está encharcada pela água.

— Começamos a namorar e fazíamos tudo juntos. Até que, um dia, um missionário estava passando pela região, evangelizando nas ruas e distribuindo panfletos na praça. Minha namorada ficou curiosa para ouvir o que ele tinha a dizer. Ela soltou a minha mão e foi até ele. Por um momento, pensei que arranjaria briga. Mas, para a minha surpresa, quando me aproximei, eu a vi chorando. O missionário falava sobre aquela passagem em que Jesus dormia no barco enquanto os discípulos temiam a tempestade. Na época, eu não sabia, mas a família dela estava enfrentando muitos problemas. Ela nunca me contava nada, era ótima em disfarçar, em fazer de conta que as coisas estavam bem.

— Mas o que estava acontecendo com a família dessa sua namorada? — a Vicky do passado interrompe.

— Problemas financeiros, de saúde e muitas brigas que derivavam desses problemas. Ela estava cansada e se sentindo sozinha.

— Mas ela tinha você.

— Nós costumávamos nos divertir muito. Íamos a parques, praças e até ao cinema. Porém, quase não havia diálogo.

— Vocês ficavam de safadeza, é isso que você quer dizer, né, vovô?

— *Shhh!* Se sua mãe te escuta falar dessa forma, eu tô encrencado — ele diminui o tom da voz e sorri.

— E o que aconteceu depois?

— Naquele dia, a mensagem tocou profundamente o coração dela, que decidiu entregar a vida a Jesus.

— Oh!

— Pois é, eu que não gostei nada. Ela passou a ir à igreja. Sempre me convidava, e eu negava. Quando eu queria sair para algum parque, ela me chamava para ler a Bíblia. Nós brigamos muito, muito mesmo — vovô suspira. — Ainda bem que ela não desistiu de mim. Enquanto iniciava sua caminhada com Jesus, eu observava de longe as mudanças em sua vida. Ela se tornou mais gentil. Seu modo de falar, vestir e andar também mudaram, e, quanto mais tempo passávamos juntos, mais conversávamos. Eu acompanhei de perto as mudanças nela e em sua família. Nunca tinha percebido esse tipo de agir antes, já que eu havia nascido em uma família cristã e era tudo muito *normal* para mim.

— Mas, vovô, você já me falou mais de uma vez que não devo namorar alguém que não possui a mesma fé que eu.

— Sim, sim... Essa garota sabia disso, e um tempo depois terminou comigo — ele leva a mão ao peito. — Doeu, doeu muito, porque eu era obcecado por ela. Mesmo com o término, continuei a observá-la de longe, só esperando um engraçadinho se aproximar para tentar alguma coisa, e culpando Deus por ter roubado minha namorada.

— E vocês nunca mais voltaram?

— Calma, calma... — vovô passou o braço por cima dos ombros da pequena Victória. — O que eu não sabia era que essa garota e minha mãe estavam orando por mim. Elas se reuniam todo final de culto e oravam por mim. Aos poucos, outros irmãos se juntaram. Ao final de um mês, a igreja toda permanecia na igreja por mais uma hora.

— Você sabia disso?

— Naquele momento, não, foi somente alguns meses depois, quando sofri um terrível acidente, que descobri.

— O senhor sofreu um acidente? Nunca me contou isso.

— Sim, querida — vovô suspirou. — Estava acontecendo um

festival hippie na cidade vizinha, e os novos amigos que eu tinha feito naquela época me convidaram. Eles eram pessoas legais, mas dadas à bebida.

— Oh!

— Saímos de madrugada da festa, depois de muitas doses de bebida e outras coisas. Era um trajeto complicado, estava sempre em obras e com pouca sinalização. Em uma curva, o amigo que estava dirigindo pegou no sono, e nós caímos de uma ribanceira de mais de cem metros.

— Vovô! Como é que o senhor está vivo?

— A única explicação que posso te dar é que Deus permitiu. Meus amigos morreram no momento do impacto, eu acordei horas depois, quando o dia já clareava. Estava preso pelo cinto de segurança, fui o único que havia usado. Tentei de todas as formas me soltar, mas não havia como. Minha perna estava presa pelo banco da frente. Fiquei ali o dia todo. Gritei, chorei e fiz o que pude. Aquele era um trajeto pouco movimentado.

— Como foi que você saiu de lá?

— Eu orei.

— Você disse que não acreditava mais em Deus.

— Eu falei com ele. Pedi perdão, chorei, agradeci por estar vivo e clamei pelo socorro que só ele poderia me dar, porque, naquele tempo, era comum que eu passasse semanas fora de casa, e não existia celular. Minha mãe nem sabia para onde eu tinha ido! Eu desconfiava que meus amigos também não haviam avisado a ninguém, e eles estavam mortos do meu lado. Eu falei para Deus que, se ele me salvasse, eu voltaria para ele.

— Então, ele te salvou...

— Sim, e da forma mais extraordinária.

Vovô conduz a pequena Victória até o sofá, e eu os acompanho.

— Querida, Deus nos ouve e sabe tudo a nosso respeito.

Quando eu estava naquele vale, pensando que estava sozinho e sem esperança, ele enviou um turista perdido. Esse homem me encontrou e conseguiu chamar socorro.

— Uau! Olha, vovô, estou até arrepiada.

— Eu lembro com tanta nitidez, como se tivesse vivido isso ontem. O homem usava uma camisa preta cheia de estrelas. Na hora que eu o vi, lembrei do salmo oito.

— Esse não é o seu favorito?

— Esse mesmo.

— Até eu já decorei.

— E o que diz, então? — ele pergunta.

— "Quando vejo os teus céus, obra dos teus dedos, a lua e as estrelas que preparaste; que é o homem mortal para que te lembres dele? E o filho do homem, para que o visites?" — a menina faz uma pausa. — É esse, não é?

— Isso mesmo! E ele termina assim: "Ó Senhor, Senhor nosso, quão admirável é o teu nome sobre toda a terra"!

— É muito bonito mesmo. Posso ter esse salmo como o meu favorito também?

— Claro que pode! — vovô abraça a netinha. — Depois de ser encontrado, eu compreendi que o barco pode estar quase afundando e que a tempestade pode ser muito assustadora, e ainda assim não estou só — ele pega a mão da garota. — Você não está só.

A menina pensa um pouco.

— É, acho que Deus ouviu minha oração quando a chuva começou.

— Claro que ouviu, porque acordei com muita sede, e você sabe que me acordar é difícil.

— Verdade, vovó sempre reclama.

— Suá avó tem razão em reclamar — ele fala, ao se levantar.

— Agora, vamos dormir?

— Vovô, só fiquei com uma dúvida.

— Qual?

— E a garota? Vocês voltaram a namorar depois disso tudo?

— Não... — vovô pisca para mim. — Levou um tempão para sua avó perceber que eu era um cristão sincero e me chamar para sair.

— Oh, era a vovó! E ela te chamou para sair?

— Digamos que sim.

— Como foi isso?

— Hum, outro dia eu te conto, pode ser? — e boceja.

A pequena sala começa a evaporar. Avô e neta desaparecem pouco a pouco. Eu sei que era só uma memória, mas queria tanto conseguir abraçá-lo...

Pisco os olhos e estou de volta à ponte, deitada no chão macio, com a memória incandescente e o céu estrelado acima de mim. Tomo consciência de que ele nunca terminou de contar a história desse primeiro encontro. Não voltamos a falar sobre o assunto. No entanto, esse pequeno passeio no passado me fez sentir um afago no peito, da mesma forma que eu costumava sentir quando passava tempo com Deus, lendo a Bíblia, conversando com Amanda sobre versículos ou os propósitos dele em nossas vidas; as horas na biblioteca, discutindo assuntos polêmicos com Pedro e compartilhando vídeos de teologia. A nostalgia me invade.

— Pai, o Senhor ainda pode me escutar? — experimento as palavras.

Não há resposta, mas vejo ao longe uma estrela se aproximando. Não sinto medo. Ela paira ao meu redor, e uma vontade de dormir se apodera de todo o meu corpo. Quando estou prestes a fechar os olhos, vejo que a estrela deixou cair um pozinho brilhante sobre mim.

8
A IDADE DO SUCESSO

Acorde, viajante. Acorde, viajante. Acorde, viajante.

Meus olhos obedecem ao comando, mas levo um tempo para entender onde estou. Uma manta fina e dourada me cobre, a maciez do chão me faz lembrar da ponte sem fim. O céu está bem claro, porém ainda é possível ver as estrelas que voltaram a dançar e a cintilar. Elas se afastam e se aproximam de mim, com risinhos e cochichos que me parecem menos irritantes do que na primeira vez que os ouvi.

Espreguiço-me e fico de pé. Eu sempre fui o tipo de pessoa que dorme bem, mas nada se compara ao sono que acabei de experimentar. Parece que todo o meu corpo está relaxado, leve como uma pluma. Será que foi o pozinho da estrela? Sorrio. Se eu contar isso para alguém, será que acreditaria?

Está na hora de ir.

A frase ecoa pela ponte, sussurrada pelas estrelas. Pela primeira vez desde que acordei, percebo o guarda-chuva aos meus pés. Sei que, se pegá-lo, vou parar em algum lugar no futuro. Ou será que está na hora de voltar? Logo agora, que estava começando a gostar deste lugar? Eu poderia ficar aqui. Dormir bem todas as noites, não sentir fome nem sede, ouvir as estrelas conversarem e, quem sabe, fazer amizade com algumas delas. Gostaria de percorrer toda a ponte para ver até onde ela vai.

Está na hora de ir.

As estrelas repetem. Não me movo e não falo nada. Elas continuam repetindo a frase e deixo o nervosismo transbordar.

— E se eu decidir ficar por aqui? — grito em resposta, olhando para todos os lados.

Aqui não é o seu lugar.

— Eu não sei se quero voltar para casa depois de ver o que vai acontecer no meu futuro — resmungo.

As estrelas tornam a ficar em silêncio, mas brilham por todo o céu. Acabo cedendo e pego o guarda-chuva. Desta vez, nem precisei abri-lo. Aquela sensação rápida, semelhante àqueles sonhos em que voamos e caímos, me envolve. Quem inventou essa coisa de viagem no tempo podia pelo menos ter planejado um sistema que não gerasse tanto desconforto!

Segundos depois, sinto os pés no chão firme. Pisco os olhos para tentar entender onde fui parar. Parece a rua de casa, e no entanto várias coisas estão fora do lugar.

— Sai da frente, garota! — ouço alguém gritar e me viro a tempo de ver um homem em uma bicicleta vindo em minha direção a toda velocidade.

Me jogo para um lado, e o homem, para o outro. Caímos os dois no chão. Ele logo se levanta e vem até mim.

— Está tudo bem com você? — sua mão está estendida na minha frente. É quando levanto os olhos que o vejo.

— Pedro? — digo em voz alta.

Ele me encara com os olhos arregalados, uma mistura de medo e curiosidade.

— V-Vicky? — gagueja. — É você? — ele me ajuda a ficar em pé.

O Pedro na minha frente deve ter uns trinta anos, mas não mudou nada. Os cabelos continuam cacheados e sedosos, os olhos pretos, os óculos de armação redonda e uma camisa preta de uma banda, que deve ser indie.

— Mas — ele balança a cabeça —, isso não faz sentido, eu acabei de...

Ele interrompe a fala, aproximando o rosto do meu. Dou um passo para trás e percebo que pisei no guarda-chuva. Para evitar quebrá-lo, coloco toda a força na outra perna e acabo me desequilibrando. Não fosse a mão dele me segurando, eu estaria no chão mais uma vez.

— Desculpa, quase faço você cair de novo — ele solta a mão da minha e se afasta. — Mas como você sabe meu nome? — ele estreita os olhos e sua cabeça pende um pouco para o lado.

Aponto para o retângulo em seu peito. Pendurado por uma faixa azul, um crachá de voluntário carrega o nome dele.

— Ah, entendi... você leu o nome. Desculpa por ter te machucado — ele diz, olhando para o meu joelho.

Pontinhos de sangue brotam de um arranhão.

— Ah, isso não foi nada — digo baixinho, tentando mudar um pouco minha voz.

— Vamos fazer um curativo no seu joelho — ele diz, decidido.

— Eu preciso ir, tenho um compromisso importante — ou seja: *descobrir um jeito de voltar para a ponte sem fim e esganar aquelas estrelinhas sabichonas e irritantes que ficam me enviando para o futuro sem nem me avisar qual é a encrenca da vez.*

— Deixa eu ver o seu joelho, você não pode sair assim por aí — ele me conduz a um banco no ponto de ônibus ali perto e me dá ordens para que eu fique sentada. — Não saia daí.

Observo-o correr e entrar na casa em frente de onde eu costumava morar.

— Que estranho, o que ele foi fazer ali? — sussurro e, em seguida, gemo de dor.

Apesar da situação do meu joelho, tão logo Pedro some no interior da casa, considero sair correndo o mais depressa possível. Assim que tento ficar de pé, porém, quase caio no chão.

— Não acredito que isso foi acontecer — olho para o céu e me pergunto se aquelas estrelas que flutuam acima da ponte sem fim são as mesmas que vemos no céu daqui, desta realidade.

Não que seja possível ver muita coisa neste momento, já que está entardecendo. Quando estou prestes a questionar qual é o sentido de estar neste lugar e com Pedro, ele retorna.

— Aqui, coloque isso na sua perna — ele me entrega uma pomada. — Pode passar bem, não vai arder — garante, com um sorriso nos lábios. Então, continua me observando como se eu fosse um espécime em exposição.

Sigo as recomendações, pedindo internamente que ele não me reconheça. Em seguida, recebo uma sacola de mercado cheia de gelo e uma toalha. O alívio é quase imediato, pois a pele machucada para de latejar.

— Isso ajudou, obrigada.

— De nada — ele coça a nuca, sem tirar os olhos do meu rosto. Viro a cabeça de lado e tento me esconder atrás do cabelo. — Já chamei meu primo, ele vai nos levar para o hospital.

— O quê? — fico em pé, e meu joelho volta a latejar.

— Você não pode sair assim por aí, precisamos fazer um raio-x, me sinto responsável por essa situação.

— Não! Não mesmo. Eu adoraria te acompanhar, mas odeio hospitais. Eu já tô me sentindo bem melhor, olha! — dou alguns passos, disfarçando a cara de dor e tentando andar o mais *normal* possível.

— Er... acho que não — ele sorri. — Ter medo de hospital é normal, mas vai dar tudo certo — ele me conduz de volta para o banco.

Minha mente fervilha, traçando rotas de fuga e ideias para distrair esse homem. Se eu estava preocupada com o risco de Pedro me reconhecer, imagine acabar em um hospital sem documentos e sem poder revelar quem sou? Mesmo que os tivesse, como eu iria explicar a data de nascimento? Ai, Deus. Se alguém descobrir que sou uma viajante do tempo, estou muito encrencada. Será que vou virar objeto de pesquisa? Vão me furar e pegar amostras do meu sangue, ou talvez tomem o guarda-chuva de mim...

— Meu guarda-chuva! — grito, de repente.

— Você perdeu o seu guarda-chuva? — confuso e curioso, ele pergunta.

Olho ao redor, atônita, até avistar uma manchinha vermelha caída no meio do asfalto.

— Ali está...

Mal termino a frase, e um caminhão de lixo vira a esquina, avançando a toda velocidade pela rua.

— Não, não, não... — fico em pé e faço menção de correr para pegá-lo, mas Pedro me impede.

Tudo acontece muito rápido. O caminhão se aproxima velozmente, e Pedro sai correndo. Já posso imaginar o pior, então fecho os olhos, incapaz de assistir à cena. Uma buzina estrondosa corta o ar, seguida pelo som dos pneus se arrastando no asfalto.

— Ficou maluco, cara? — ouço um homem gritar.

— Você deveria dirigir mais devagar! Aqui é uma rua residencial, não um *rally*.

— Ah, cara! Se liga!

Abro os olhos a tempo de ver o motorista irritado indo embora, acelerando seu caminhão. Pedro volta com o guarda-chuva intacto.

— Nós já oficializamos uma reclamação contra esse motorista, mas, pelo jeito, não resolveu.

— Obrigada — respondo, estendendo a mão para pegar o guarda-chuva. — Mas não precisava ter feito isso. Se algo acontecesse com você, eu me sentiria culpada.

— Se eu não tivesse corrido — ele se senta ao meu lado —, isso aí estaria em pedacinhos. Além disso, você estava preocupada demais com o guarda-chuva. Esse objeto é importante para você, não é?

Desvio os olhos para baixo.

— Tá certo, é isso mesmo — volto a olhar para ele, curiosa. — Você é bom em ler fisionomias.

— Sou psicólogo.

— Oh, isso não me surpreende.

— Como assim? — ele me encara. — Nós nos conhecemos? Você parece tanto com alguém, mas não é possível... Você frequentava o centro de apoio?

— Não, é que... — começo a suar frio. Eu tinha que ter falado demais? — Eu só...

O telefone dele começa a tocar.

— Só um momento — ele caminha para longe de mim.

Solto um suspiro de alívio. Observo-o falando no celular, enquanto direciona olhares inquisidores na minha direção. Pouco tempo depois, retorna com o semblante preocupado.

— Meu primo vai se atrasar um pouco, parece que estourou uma tubulação no centro da cidade...

— Eu já disse que não preciso de hosp...

— Ah, você precisa, sim, garotinha — ele me interrompe. Ouvir Pedro me chamar de garotinha me faz sorrir. Que multiverso é esse em que vim parar? O garoto por quem fui (ou sou, já nem sei) apaixonada aos quinze anos de idade está na minha frente, em sua versão adulta.

— Mas, então, como você se chama? — ele torna a se sentar ao meu lado.

— Eliza— digo, sem pensar muito, mas o olhar de surpresa dele me faz ficar arrependida por não ter sido mais criativa.

— Onde você mora, Eliza?

Sou traída por meus olhos, que miram na direção da casa onde cresci, onde uma placa enorme avisa que, em duas semanas, a edificação será demolida.

— Eu não sou daqui, só estou a passeio.

Ele pondera, mas não diz nada.

— Você me lembra alguém — volta a dizer.

— Alguém legal, eu espero — me afasto um pouco dele no banco, escorregando alguns centímetros para o lado, na inútil tentativa de ficar mais longe.

— Na verdade, alguém do passado — ele me encara. — Você é muito, muito, parecida com ela, e sabe o que é mais estranho?

— O-o quê?

— Ela também se chamava Eliza.

— Sério? — engulo em seco.

— Era o segundo nome dela. Quer dizer, é o segundo nome dela — ele sorri. — É engraçado...

— O que é engraçado?

— Eu acabei de ver essa pessoa.

— A garota que é parecida comigo? — tento disfarçar a empolgação.

Talvez seja por isso que nossos caminhos se cruzaram, para que ele me mostre como encontrar minha versão atual. Mas bem que as estrelas podiam simplesmente ter me enviado para o lugar em que ela está... seria menos desagradável.

— Sim.

— Onde?

— Ah, no cemitério.

Engulo em seco.

— Ela morreu?

Ele solta uma risada.

— Não, eu acho que os avós dela foram enterrados nesse cemitério. Como é caminho daqui, eu a vi — ele esconde a cabeça no meio dos joelhos. — Teria sido melhor não ter visto.

— Por quê?

— É que ela foi meu primeiro amor — ele volta o olhar para mim e me encara. — Vocês são muito parecidas, muito... Por favor, não pense que sou um pervertido ou coisa do tipo.

Tenho vontade de dizer que sei disso, mas poderia gerar questionamentos.

— Quantas coincidências em um único dia... É de ficar desconfiado que Deus possa estar querendo me dizer algo.

— Tipo o quê?

Ele suspira, encolhe os ombros e fita o horizonte.

— Que eu deveria ir até ela e conversar, perguntar como ela está. Faz anos que não a vejo, mas, quando a vi ali, meu coração até disparou.

— Que fofo — digo, baixinho.

— Me perdoe, Eliza. Estou te importunando com minha história chata — ele balança a cabeça, triste.

— Não, não! Pode falar, sou boa em ouvir.

— Você deve achar que sou o pior psicólogo do mundo.

— Não acho...

— Mas eu estou completamente desnorteado, não imaginei que seria assim — ele bate as mãos nos joelhos. — Faz uns doze ou treze anos desde que a vi pela última vez.

Eu o analiso em silêncio. Quero saber mais como ele pensa, então puxo assunto:

— Vocês eram próximos?

— Nós éramos muito amigos, passávamos horas na biblioteca, falando sobre tantas coisas...

— Certo, mas vocês chegaram a namorar?

Pedro me olha com curiosidade.

— Você é do tipo que gosta de romance, não é?

— Ah — sorrio e sinto a bochecha esquentar. Talvez eu tenha exagerado um pouco. — Sim, sou.

— Mas essa história não tem final feliz. Na verdade, nem começo.

— Como assim?

— Ela partiu meu coração.

Entreabro a boca, perplexa.

— Eu part... digo, como ela partiu?

Se bem me lembro, quem foi embora sem justificativas e nunca mais me procurou foi você, tenho vontade de gritar.

— Ah, acho que estou precisando de terapia — ele solta um riso fraco. — Nem acredito que estou falando sobre as questões do meu coração com uma adolescente.

— Vai ver é importante, sabe, colocar tudo para fora — faço uma pausa. — Mas é que agora eu fiquei curiosa: como essa garota partiu seu coração?

A curiosidade é sincera, pois, no tempo de onde vim, a gente não estava nem conversando, e eu sequer saberia dizer onde encontrar Pedro. E, apesar de gostar dele, quem deveria falar que estava com o coração partido era eu, já que ele simplesmente foi embora e nunca mais deu notícias. Eu continuei no mesmo lugar de sempre, então ele sabia exatamente onde me encontrar.

— Bem, eu me apaixonei por ela à primeira vista.

Seguro o impulso de franzir o cenho, tentando disfarçar a surpresa. Isso é novo. Conheci Pedro no colégio, quando ele foi transferido para a minha sala.

— Eu a vi na escola no primeiro dia que comecei a estudar lá, mas levou um ano para conseguir me aproximar.

Um ano? Será que nossas lembranças são diferentes?

— Eu a observava pelos corredores todos os dias. Tentei me aproximar, mas era difícil... Ela sempre estava grudada com uma amiga, e eu era tímido. Éramos do mesmo ano, mas de turmas diferentes. Acho que ela nunca reparou em mim. Aí tive a ideia de trocar de sala.

— Você trocou de sala por causa de uma garota? E os seus amigos?

— Ah, eu não tinha muitos amigos. Eu era novo, e as outras crianças me achavam esquisito demais, introspectivo demais, nerd demais... Eu não me encaixava, e não fazia muita questão disso também.

— Acho que você precisa mesmo de terapia.

Ele sorri.

— É possível.

— E depois? — incentivo-o a prosseguir com a história.

— No primeiro dia na nova turma, consegui me aproximar. Ela era como eu imaginava: inteligente, bem-humorada e cristã.

Naquela época, eu já devia ser bom em ler fisionomias, porque tudo que eu tinha imaginado sobre ela se provou real.

— E ela correspondeu aos seus sentimentos?

— Acredito que sim. Nunca conversamos sobre isso, mas nos tornamos bons amigos. Era incrível como as horas passavam em um piscar de olhos quando eu estava com ela.

— O que deu errado? — encolho os ombros e desvio os olhos para ele não notar que, na verdade, já sei a resposta.

— Meu pai trocou de emprego e tivemos de nos mudar. Foi tudo muito rápido. Ainda estávamos nos aproximando, a garota e eu, então pedi o número do celular dela...

— Você demorou para pedir, hein!

— É verdade — ele deita um pouco a cabeça. — Mas vale lembrar que eu era tímido.

— Sei.

— Bom, e ela me deu o número errado.

Minhas bochechas queimam de vergonha de novo.

— Por que será que ela fez isso?

— Não sei, acho que errou.

— E você não tentou se aproximar mais dela?

— E como tentei! — ele suspira. — Mas uma sequência de acontecimentos me impediu. Primeiro, o avô dela ficou muito doente e faleceu. Fiquei sabendo e fui ao enterro, mas, quando cheguei, já era tarde.

— Você foi ao enterro?

— Sim.

O céu já estava escuro. Lembrei da minha versão atual. Será que ela ainda estava no cemitério? No horizonte, algumas nuvens carregadas começaram a surgir, e um frio na espinha me atravessou.

— Você tá com frio?

— Não, tô bem... continue a história.

— Não há muito mais o que contar. Só coisas tristes.

— Coisas tristes?

— Sim. Depois da morte do avô dela, a empresa em que meus pais começaram a trabalhar faliu, e eles perderam o emprego — ele fica em silêncio por um segundo. — As dívidas vieram como enormes bolas de neve, e meus pais mudaram de cidade. Eles nunca foram bons administradores.

— Sinto muito.

Ele dá um sorriso triste.

— Fui morar com minha avó, e a vida ficou cada vez mais esquisita e sem cor. Passamos muito tempo tentando ajudar meus pais a resolverem seus problemas — ele percebeu que não entendi e emendou. — Dívidas. Dezenas delas. Vendemos a casa, os carros, nos mudamos, e ainda foram necessários alguns anos para quitar tudo, enquanto meus pais encontravam novas maneiras de gastar um dinheiro que eles nem tinham.

— Que triste.

— É, bem... Não dá para dizer que foi uma adolescência fácil, mas minha avó facilitou muito as coisas, não sei o que seria de mim sem ela.

— Eu só não consigo entender como foi que eu... *ela* partiu seu coração, sabe, a garota.

— Ah, sim... Depois da mudança, eu a reencontrei, mas ela já não era a mesma. Tentei me aproximar, e até chegamos a conversar algumas vezes. Ela estava muito ferida com a morte dos avós, era uma tristeza na alma... eu acho que se culpava.

— Pode ser — digo, fitando minhas mãos.

— E eu acabei sendo precipitado. Uma vez eu tentei... — ele engole em seco. — Eu falei o que sentia.

O desconcerto dele me faz prender a respiração.

— E ela?

— Ah, ela beijou o namorado da melhor amiga na minha frente e disse algumas coisas difíceis de repetir.

Fico em pé, ignorando a dor na perna.

— Meu Deus! Por que ela faria isso?

— Hoje tenho minhas teorias.

— Teorias?

— Sim, talvez ela não quisesse se machucar mais — ele me encara. — Olhando bem para você agora — ele estreita os olhos —, vocês são muito parecidas, mas...

— O quê? Mas o quê?

Ele prolonga o silêncio sem desviar os olhos de mim.

— Os seus olhos brilham — ele levanta o rosto para o céu acima de nós. — A garota que eu conheci não tinha nenhum brilho nos olhos. Ela se tornou infeliz, mergulhou em um mar de tristeza e decidiu se afogar.

— Ninguém tentou ajudar?

— Todo mundo fez alguma coisa, mas ela foi afastando cada um. Na época, eu não fazia ideia disso, mas hoje entendo: ela se culpava e tinha medo.

— Medo — repito a palavra.

— Medo de perder mais alguém, de sofrer. Ela guardou o coração. Quer dizer, escondeu. Carregava uma culpa que não era dela. Talvez você estude, nas aulas de História, um pouco sobre a pandemia que ocorreu por volta de 2020.

Meu cérebro processa a informação lentamente. Eu ainda estou vivendo o pós-pandemia e demoro a entender que, para ele, já se passou mais de uma década. Faço que sim com a cabeça quando percebo Pedro me encarando.

— O avô dela foi uma das vítimas, e ela se sentia culpada pela morte dele — os ombros dele parecem caídos e desanimados. — Se eu pudesse voltar no tempo, daria um conselho a ela.

— Qual seria? — pergunto, com a voz rouca.

— Eu diria para ela relaxar, não se cobrar tanto e tampouco se culpar. Diria, olhando nos olhos dela, como estou olhando nos seus, que sofrer faz parte do nosso crescimento. Como um rio sinuoso que traça o caminho até o mar, a vida não é uma linha reta. E, o mais importante, eu a abraçaria e diria que ela não está sozinha, porque Deus nunca a abandonou.

Um relâmpago corta o céu, e o estrondo nos assusta. Meus olhos são atraídos para uma figura parada a menos de dez metros do ponto de ônibus. Ela segura uma garrafa plástica de bebida alcoólica em uma mão e um cigarro na outra. A aparência é de quem não dorme uma noite inteira há semanas. Ela dá um sorriso amarelo, e, só então, a reconheço.

— Por que você não diz isso para ela agora? — sussurro.

Pedro segue meu olhar e fica de pé em um salto.

— Victória?

A chuva começa a cair, e relâmpagos clareiam o céu, fazendo com que, por vários segundos, a noite se torne dia. Sinto o impulso de sair correndo e me esconder, mas meu corpo parece travado no banco. Meus olhos cruzam com os da Victória do futuro. Fico levemente tonta, como se estivesse prestes a viajar no tempo novamente.

— Victória, venha para cá — a voz de Pedro parece distante, e eu o vejo puxando a mulher pelo braço. — Vai ficar resfriada.

— Eu não me importo — ela fala, soltando-se do rapaz.

Nossos olhos se encontram mais uma vez, e ela ri ao errar o passo. Talvez esteja bêbada demais ou também se sinta zonza, como eu. Ela joga a garrafa plástica no chão, que rola até o bueiro mais próximo. A cada segundo que passa, fica mais difícil segurar meu corpo em pé.

A mulher na minha frente, com os olhos opacos, olheiras profundas e um cheiro acre, segura meu rosto com uma mão. Minha pele queima com o contato, mas não movo um único músculo.

— Você, sua borboletinha esquisita. Você sou eu, não é?

Ela aperta meu rosto com cada vez mais força. Estou prestes a implorar para que pare, quando ouço sua voz embaralhada sentenciar:

— Não há nada, nada que *você* possa fazer. Volte de onde veio e não mude nada. Não adianta. O nosso destino é isto aqui — ela aponta para si mesma —, o nosso fim está bem próximo, ninguém nesta terra poderá nos salvar.

Meu coração aperta. Sei que há alguém. Penso em Jesus e quero dizer o nome dele, mas, antes que eu consiga, volto a sentir o vazio abaixo dos meus pés. Fico sem fôlego, mas consigo reunir alguma força para sussurrar:

— Eu conheço alguém capaz de mudar tudo...

Antes que eu conclua a frase, a náusea se intensifica, e a Victória em minha frente desvanece como fumaça ao vento.

9
UM NATAL DO PASSADO

Fecho os olhos assim que percebo onde estou e, sem pensar duas vezes, jogo o guarda-chuva no abismo ao meu lado. Caio de joelhos e deixo as lágrimas rolarem. Meu futuro parece uma série dramática mal dirigida, uma piada mal contada, um dia de chuva em férias na praia. Nada do que eu havia planejado aconteceu. Meu sonho de ser uma economista reconhecida foi reduzido a pó. O que aconteceu comigo? Por que me tornei aquela pessoa?

Quando as lágrimas secam, meu corpo ainda treme, como se eu estivesse chorando do avesso. A tristeza em mim não parece ter sido aplacada. Talvez isso leve dias ou nunca passe, e eu acabe por me afogar nas minhas próprias lágrimas, tal qual Alice. Embora eu não tenha encontrado nenhum rato falante, estou rodeada por estrelas que dançam e falam o que bem entendem. O problema é que elas só fazem rimas vagas, que não ajudam em coisíssima nenhuma.

Fico em pé e seco o rosto com a mão. Conforme percebo a imensidão à minha frente, tomo consciência de que, se já não morri, vou morrer em breve. Não há nada para comer neste lugar, não há livros para serem lidos, nem uma televisão para maratonar todas as séries das quais abri mão nos últimos anos, enquanto estudava em vão, tudo para que minha versão do futuro pudesse beijar bocas de homens comprometidos e morar no Canadá, longe da empresa One World Economia, longe de tudo que me remete aos bons tempos que vivi ao lado da minha família e dos meus amigos.

Observo a imensidão ao redor. As estrelas estão em silêncio e parecem até mais fracas. Não há cochichos, não há danças ritmadas. Nada. A cabeça pesa, e sinto o corpo relaxar. De repente, o lugar parece aconchegante, como uma sala aquecida pela lenha de uma lareira.

Decido dormir um pouco, para deixar o tempo passar. Minhas pálpebras pesadas se fecham sem esforço, e meus pensamentos agitados vão se aquietando, até que o único som que resta é uma cantiga das estrelas. Um som parecido com uma música de ninar ressoa, mas a letra não parece ter qualquer sentido.

Tudo fica escuro por um momento, até que ouço passos acima da minha cabeça. Um feixe de luz atravessa uma fresta no vazio a alguns metros de distância. Levanto-me e me aproximo o máximo que consigo, sem entender onde estou. Tento espiar pela abertura, mas algo que parece ser o pé de uma pessoa me priva de enxergar o que quer que esteja acontecendo do outro lado. Concentro-me nas vozes. Alguém canta uma música de Natal, algo sobre um menino e salvação. Apuro os ouvidos, mas é difícil entender.

O ser que tapou a fresta se movimenta mais uma vez, e a luz volta a brilhar. Além dessa luz, um aroma adocicado chega às minhas narinas. Respiro fundo e fecho os olhos. Sinto o cheiro de canela e de limão, minha boca se enche de água. Eu sei o que estão fazendo. Bolachas de Natal.

— Querida, você pode me passar a manteiga? — aquela voz inconfundível me faz abrir os olhos.

— Sim, vovó — a menina responde, com a voz arrastada.

— Obrigada, Vicky.

No meio do turbilhão de perguntas em minha mente, ouço meu avô falando comigo, ou melhor, com uma versão bem menor de mim. Eu me lembro deste dia.

— Vovô, por que você gosta tanto do Natal? — a Victória cheia de cachinhos na cabeça e olhos brilhantes pergunta, com a voz fininha.

Então me dou conta de que atravessei a fresta sem perceber. Agora, estou no meio deles. Vovó passa por mim como uma imagem holográfica. Conforme aconteceu na minha visão do acampamento no quintal, seu corpo — e tudo ao redor — parece evaporar assim que me atravessa. Então é isso! Por algum motivo, eu não consigo interagir com as viagens ao passado, só assistir. Tento pegar um prato que está próximo, mas ele se desfaz em fumaça. Posso sentir o cheiro do café da vovó e da loção pós-barba do vovô, mas nunca os tocar.

— Essa é uma pergunta interessante — vovô fala. — Comentei ainda hoje de manhã com sua avó que estava na hora de te contar algumas coisas.

— Que coisas? — a menina pergunta, com a boca cheia de glacê.

— Dona Victória, pega leve nesse doce — vovó me repreende.

Sorrio ao ver minha vó com o avental de um homem musculoso, presente do vovô. Ela está mais jovem, menos séria, com mais fios pretos no cabelo e, claro, com uma xícara de café na mão.

— Escute sua avó e não faça essas caretas — vovô pisca para mim.

Contrariando minha própria conclusão, vou até ele e o abraço. Como esperado, assim que meus braços contornam seu pescoço, acabo abraçando a mim mesma. Uma memória feita de névoa...

— Vovô, o que o senhor queria me contar?

— A história que vai mudar a sua vida — ele sorri e ajeita a coluna.

— Minha vida? — ela leva a mãozinha ao peito. — Isso é muito sério! — levanta as sobrancelhas e fixa o olhar no avô.

— Ah, e é! Preste muita atenção no que vou contar, porque essa é a história do aniversário do menino que salvou o mundo.

— O mundo todo? Tipo, o planeta Terra?

— A Terra, os outros planetas e todas as galáxias existentes. Estou falando de Jesus.

— Ah, aquele menino que vem brincar aqui comigo?

A testa de vovô enruga em confusão.

— O filho da Benedita — minha avó explica, e vovô sorri.

— Não estamos falando *desse* Jesus, e sim do Filho do Papai do céu.

— Ah, o Jesus da nossa igreja?

Ele confirma com a cabeça.

— Havia muitas promessas sobre a vinda dele. Quando o *nosso* Jesus nasceu, uma estrela brilhou de forma única e incrível. Ela mostrou o caminho para que alguns reis magos chegassem até o recém-nascido. Essa estrela muito especial brilhou há mais de dois mil anos.

A Vicky de três anos olha para as mãos e conta até dez.

— Vovô, é um número bem grande!

— É, sim! Quando Jesus nasceu, dividiu a história do mundo todo. Deus enviou o seu Filho para este mundo porque tinha uma missão importante para ele.

A garotinha estava verdadeiramente boquiaberta.

— Uma missão igual à que as espiãs têm no desenho da tevê?

— Muito, mas muito mais importante! Ele veio com a missão de salvar todos nós!

— Salvar do quê?

— Do nosso pecado. Lá no começo de tudo, quando Papai do céu criou o homem e a mulher, eles viviam num lindo jardim e eram muito amigos do Senhor. Um dia, Deus deu a eles uma ordem, mas eles desobedeceram.

— E comeram o fruto da árvore.

Vovô olha para mim com orgulho.

— Isso mesmo — ele afirma. — E o que mais aconteceu?

— Papai do céu ficou muito triste e os expulsou do jardim.

— Sim, a amizade de Deus e das pessoas foi manchada pelo pecado, mas ele tinha um plano, uma missão especial para o Filho que um dia enviaria para salvar o mundo. O Natal é a época em que comemoramos a bondade de Deus por enviar Jesus para concluir esse plano. É por isso que gosto tanto dessa data! Podemos nos reunir, de forma intencional, com a nossa grande família em Cristo e celebrar a bondade do Senhor.

— Mamãe explicou que a nossa igreja também é minha família.

— É verdade! Quando a gente se torna filho de Deus, passa a pertencer a uma grande família e recebe promessas mais deliciosas que as bolachas da sua vó.

A menina pega mais uma bolacha da bandeja e dá uma mordida generosa. Meus avós sorriem.

— Esse é o maior ensinamento que eu posso te dar, minha querida neta. Deus te ama, ama tanto que eu nem posso explicar. E ele sempre está ao seu lado, mesmo quando você se sente sozinha porque sua amiga faltou na escola. Ele está com você no caminho de volta para casa e quando você assiste ao desenho animado.

— Ele tá *sempre* do meu lado? — a garotinha pergunta.

— Sim — vovô ri —, sempre.

— Mas, se ele tá sempre comigo, quer dizer que ele já me viu...

A menina se interrompe com um gesto engraçado.

— Viu o quê?

— Ai, vovô, quer dizer que ele já me viu limpando o nariz?

Os dois caem na risada, mas a menina continua com os olhos arregalados. Acabo me unindo ao coro e começo a rir também. A Victória do passado era inocente, doce e gentil. Muito diferente do que sou agora e sem comparação com aquela que encontrei no futuro.

— Não se preocupe, querida. Deus vê tudo, e ele não vai deixar de te amar porque você limpou seu nariz. Porém, recomendo que você faça isso com água, no banheiro.

— Vou fazer assim.

— É uma boa ideia.

— Outra boa ideia é limparmos essa bagunça toda — vovó aponta para a cozinha.

— Sim, minha Amélia — vovô dá um beijo na testa dela. — Vamos limpar tudo.

A imagem começa a se dissipar.

— Não, por favor, não — imploro. — Me deixem ficar mais um pouco, só mais um pouquinho, por favor!

No entanto, tudo ao meu redor some como uma da neblina da manhã que se dissipa com o nascer do sol.

ENTRE LIVROS, O AMANHÃ INCERTO E UMA CERTEZA INCONTESTÁVEL

Pressiono os olhos com força, pois não quero abri-los, ainda que um som como o de um virar de páginas ao meu lado desperte a minha curiosidade. Talvez, se eu ficar assim por tempo suficiente, minha teimosia convença as estrelas a me tirarem daqui. Além disso, não preciso abrir os olhos para saber que estou em uma biblioteca. Durante minha vida, conheci algumas. A biblioteca de tia Elizabete, a responsável pelo meu segundo nome e aficcionada em livros clássicos e românticos; a da escola, que tinha alguns bons exemplares de clássicos; e, claro, a municipal, onde passei boa parte da infância e conheci *Harry Potter*, *O Senhor dos Anéis*, além de uma série de livros sobre o primeiro amor. A julgar pelo cheiro de álcool e mofo, eu diria que estou na biblioteca da escola.

Mas por qual motivo as estrelas decidiram me enviar para cá?

Mal tenho tempo de processar o questionamento, e uma voz conhecida me faz entender.

— Você tá fazendo errado — ouço Pedro sussurrar.

— Eu faço do jeito que eu quiser, quem garante que você tá certo?

Meus olhos se abrem contra a minha vontade. Estou no meio de um corredor de estantes. Encontro um vão entre os livros que me permite ter uma visão aceitável da biblioteca. Espio pelo espaço e os vejo. Sentados em uma mesa a alguns metros, avisto Pedro e minha versão do ano passado. É a primeira vez que vejo uma Victória que realmente se parece comigo! Quer dizer, com quem sou agora. Ela usa o cabelo preso com uma tiara e a camiseta do meu anime favorito do Studio Ghibli. Os dois estão sentados lado a lado, seus cotovelos se encostam entre um risinho e outro. Esbarro em um livro sem querer, que se desintegra. Então eu me lembro: se estou no passado, eles não podem me ver. Dou a volta na estante e chego mais perto. Pelos rabiscos no caderno, vejo que estamos estudando matemática.

— Acho uma besteira essa tal de álgebra se chamar *linear*, se a única coisa que esse conteúdo fez até agora foi dar um nó no meu cérebro! — Pedro reclama em voz alta.

A bibliotecária olha com a cara fechada em nossa direção. Ele abafa um riso, e a Victória do ano passado tenta explicar que o valor de x^2 é igual a $x + 25$. A julgar pela cara, Pedro não está entendendo nada. Percebo o desespero começando a tomar conta de cada pedacinho da minha expressão.

— Como vou ser uma economista de sucesso se não sou capaz de explicar essa bendita álgebra linear?

Pedro me olha com cara de remorso.

— Mas você não tem culpa se eu não tô entendendo. Você quer ser economista, não professora, e você saca muito desse assunto. Calma, respira. Aproveita a vista, que tá muito bonita hoje.

Levo uma mão ao peito com as palavras. Pedro não tira os olhos de mim — quer dizer, da outra Victória. É tão claro como o céu que ilumina o dia para além das janelas da biblioteca que ele estava falando dela. Seus olhos pretos brilham como mil estrelas em um céu noturno, enquanto ela, absorta em seu mundinho, lança uma olhada rápida na direção dele e volta a rabiscar números e letras em uma equação.

— Você sabia que álgebra linear é uma das matérias do curso de economia? — pergunta ela. — Eu sou uma fraude, uma versão feminina e jovem do Frank Abagnale Jr.

— Não seja dura com você dessa forma — Pedro fecha o meu livro. — Vem, vamos dar uma volta no parque.

A outra Victória arregala os olhos e volta a abrir o livro.

— Pedro, até parece que você não me entendeu! Eu preciso memorizar cada letra e cada número! Meu futuro depende disso.

— Tudo bem, tudo bem — ele puxa a cadeira para mais perto. — Vamos estudar isso até eu compreender tudinho, ok?

Nesse momento, as imagens ao meu redor parecem dançar cada vez mais rápido, como se alguém tivesse apertado o botão de acelerar a cena. Olho na direção da bibliotecária, e, acima de sua cabeça, o relógio parece de brinquedo, com os ponteiros correndo a toda velocidade. Então, no instante seguinte, Pedro está de pé se espreguiçando, e o tempo volta a passar normalmente.

— Vamos para o parque agora?

— Acho que não. Eu quero revisar esse conteúdo, aproveitar que ele ainda está *fresco* na minha memória.

Com um gemido, Victória joga a mochila com uma dezena de livros sobre as costas. O brilho dos olhos do garoto fica opaco, e ele deixa os ombros caírem.

— Você precisa aprender o conceito de descanso, sabia? Eu precisava conversar com você...

Ele é interrompido pelo toque agudo do meu celular.

— Alô? Ah, oi, Amanda... Não, tô saindo da biblioteca, não... — ela se esconde atrás de uma prateleira e fala baixinho: — Não, não posso. Vou estudar.

A outra Victória dispensa Amanda e guarda o celular na bolsa. Faço uma careta. Eu não me lembrava de tratá-la desse jeito.

— Sabe, eu tava pensando uma coisa...

— O quê?

— Que, mesmo a gente se encontrando aqui todos os dias, eu ainda não tenho seu telefone.

Minha eu do passado fica em silêncio, encarando o nada por vários segundos.

— Ah! — ela ri, nervosa. — Entendi, você quer meu telefone. Sim, claro.

— Você pode anotar em um papel? Meu celular está sem bateria — ele coça a nuca.

Eu a vejo puxar um bloquinho de papel e rabiscar um número. Posicionada atrás dela, vejo quando ela escreve o número correto, mas, então, pensa um pouco com o lápis no queixo e apaga os dois últimos dígitos. Tenho vontade de agarrá-la pelos ombros e chacoalhá-la!

— Sempre confundo os últimos números, mas aí está. Me manda uma mensagem que eu te adiciono como amigo.

Ele aperta os lábios em um meio sorriso triste.

— Seria ótimo ser... — Pedro pondera um pouco antes de falar — ... seu amigo.

A menina não diz nada. Quero chacoalhá-la ainda mais, obrigá-la a olhar bem para os olhos do garoto em sua frente e perceber que ele está se declarando, apesar de toda a timidez. Quero gritar ao me dar conta de que tudo o que ela faz, ou melhor, que eu faço, é planejar o futuro perfeito, enquanto as oportunidades evaporam feito um cubo de gelo no asfalto quente.

E assim essa lembrança se vai também. Pedro e Victória desaparecem e dão lugar a uma nova versão deles mesmos, um pouco mais antiga que a primeira. O cenário continua igual, porém as janelas revelam um dia nublado e frio. Os dois estão vestindo casacos pesados e cachecóis, e cobrem as bocas com a mão para evitar o riso.

— Você já parou para pensar que... — ele seca uma lágrima no canto do olho — as crianças em Nárnia receberam armas do Papai Noel?

— É verdade! E elas eram apenas crianças.

Ele aperta os olhos e diz, muito sério:

— Isso de *apenas crianças* é uma falácia. Você viu aquele vídeo que está viralizando da menininha que quase tacou fogo na casa depois de tentar fazer um ovo frito?

— Não vi!

O tempo é acelerado mais uma vez. Vejo meus sorrisos rápidos e os olhares tortos da bibliotecária em nossa direção. Ele volta ao normal no momento em que Pedro rabisca alguma coisa no meu bloquinho de anotações enquanto a minha eu do passado não está olhando. Não é possível. Esse bloquinho está sempre comigo, já que é onde anoto as senhas dos e-mails e dos acessos para as aulas do cursinho on-line, e eu nunca vi nada escrito por Pedro nele. Chego mais perto. Ele está desenhando uma garota com a cara enfiada no livro, o cabelo volumoso e a franja desalinhada. É um perfeito retrato meu, a única coisa que não condiz com a realidade é uma gargantilha com um pingente de coração. Olho para a outra Victória e não vejo nada. Pedro desenha bem, seus traços são delicados e bonitos.

Isso me faz lembrar uma coisa. Levo a mão ao ombro para pegar minha bolsa, mas ela não está aqui. Mal tenho tempo para reclamar, e o acessório aparece em minha mão, com resquícios de um pozinho brilhante e amarelo. Olho para o alto, mas só vejo o teto holográfico da biblioteca.

Abro a bolsa. Com toda essa loucura de viagem, me esqueci completamente da carta que Amanda me entregou no shopping. Ela está em um compartimento separado. Apesar do banho de chuva que levei, o interior da bolsa parece intacto. O bilhete é curto e simples, mais direto impossível: "Podemos nos ver no Natal?".

Meu coração dá um salto.

Lentamente, a memória ao meu lado começa a se perder. Ainda que eu lute para ficar mais um tempo ali, logo o cenário à minha volta se transforma, e nós dois estamos caminhando pelo parque, voltando para casa. Rafael e Amanda estão na nossa frente, de mãos dadas e com sorrisos bobos um para o outro.

— Amanhã tem o simulado, não é? — Pedro pergunta.

— Passei a madrugada estudando, mas acho que não é suficiente.

Minha versão do passado vasculha a bolsa, em busca da agenda. Quando a encontra, vira as folhas, repassando os compromissos do dia. São tantos que nem cabem em uma página só. Eu a observo com um pouco de pena. Por que será que eu me tratei assim durante tanto tempo?

— Só consigo revisar depois das nove. É, vou passar a noite estudando de novo.

— Você não pode sair um pouco hoje à tarde? — ele pergunta.

— De jeito nenhum. Tenho aula intensiva de história para vestibulares, com aquele professor da internet que é bem famosinho, sabe?

Pedro dá de ombros.

— Acho que sim.

— Mas por que a pergunta?

— Não é nada de mais, não quero atrapalhar seu estudo, e amanhã tem o simulado. Quero que você esteja com a mente bem focada e se saia superbém.

— Nós dois estudamos, vamos conseguir!

Os quatro caminham por mais algumas quadras em silêncio. Fico alguns passos para trás, observando o pequeno grupo à minha frente. Parecem envolvidos em uma cortina de inocência, cheios de certezas para o amanhã. Mas, depois de tudo o que vi nas últimas horas, percebo que as minhas certezas não passavam de frágeis esferas de vidro, prontas para cair no chão e se espatifar em milhões de pedacinhos.

— Eu vou por aqui — ouço-me dizer para meu grupo de amigos.

Amanda e Rafael acenam e voltam a caminhar.

— Victória — Pedro me chama, quando já estou de costas.

— O que foi?

Ele fica em silêncio por alguns segundos.

— Ah... deixa pra lá.

— Você tá preocupado com o simulado?

Eu me aproximo e toco a mão dele. Pedro olha para baixo e entrelaça nossos dedos.

— É, acho que tô.

— Para com isso — solto nossas mãos para dar um tapinha no braço dele. — Nós estudamos juntos todos os conteúdos das aulas, e eu aprendi a ser uma ótima professora.

— Você é ótima — ele diz. — Professora — acrescenta.

— Então, relaxa — Victória coloca a língua para fora. — Sério, nós fizemos a nossa parte! Agora, vamos revisar mais um pouco e entregar nas mãos de Deus — ela começa a caminhar de costas pela quadra que leva até sua casa e diz, em voz alta, para Pedro: — Com certeza, amanhã será um dia incrível.

O rapaz não diz nada por um bom tempo. Quando Victória já está longe o suficiente, incapaz de ouvi-lo, sussurra:

— Vou sentir saudades.

Então eu me lembro: Pedro não apareceu no simulado, mas só percebi isso no outro dia, pois estava absorta demais em cálculos, normas gramaticais e nas camadas da atmosfera. Minha mente viaja para poucas horas atrás — ou para quinze anos no futuro —, recordando-se da história contada pelo Pedro do futuro, da mudança repentina de cidade e de como ele não quis me atrapalhar.

Observo este Pedro ainda parado, a mochila quase caindo no chão. Não entendo por que resolveu não dizer nada, mas é como se estivesse pedindo socorro. Como eu pude não perceber?

— Por que você seria apaixonado por uma garota como essa? Ela é egoísta e insensível! — pergunto para o Pedro do passado, mas, é claro, não obtenho resposta.

Levanto a cabeça, encarando o céu acinzentado.

— Deus, por que não percebi antes? Por que eu tinha que ser uma amiga tão ruim para todos eles?

Tudo o que recebo em resposta é mais silêncio.

Pedro retorna pelo caminho de onde viemos, e lembro que ele não morava por ali, mas sempre me acompanhava até essa entrada. Isso faz com que eu me sinta ainda pior. Sinto o corpo pesar e o desânimo me consumir. Me jogo no chão de qualquer jeito e noto que o cenário começa a mudar novamente. A sensação de viagem no tempo me engole, porém nem isso consegue me tirar do torpor e da angústia que estou sentindo.

Vou parar na pequena igreja em que costumava congregar. Estou na frente do púlpito, com o modesto grupo de jovens, em uma apresentação especial para alguns missionários americanos que nos visitavam.

As mãos da minha versão do passado estão levantadas; os olhos, cheios de lágrimas; a voz, cheia de vida e alegria. Olho ao redor, meus pais e avós sentados em um dos bancos no meio da igrejinha. Noto outros rostos conhecidos de irmãos e familiares, pessoas que não vejo há muito tempo, já que quase não frequento a igreja.

Torno a olhar para o coral de jovens e vejo Amanda e Rafael do meu lado. Os dois também cantam com alegria. Estamos entregues à presença de Deus, e meu coração fica apertado. Sinto saudades. Era um tempo diferente. Apesar de sempre ter me dedicado aos estudos e ao meu plano infalível, naquela época eu sabia quais eram as minhas prioridades. Deus sempre esteve no topo.

Contudo, talvez ele só ocupasse esse lugar porque era assim que meu avô e minha família haviam me ensinado. Se toda essa entrega e amor fossem reais, eu não teria me afastado na primeira oportunidade, não teria alterado a minha lista de prioridades como se fosse uma lista de compras ou de afazeres.

A igreja começa a evaporar com cada rosto ali presente, até restar apenas a minha figura. Caminho para mais perto. A Victória na minha frente ainda canta. Sua voz ecoa dentro de mim de uma forma surpreendente e bonita. Eu não sabia que minha voz era desse jeito. Ela abre os olhos e parece olhar para mim. Um arrepio percorre meu corpo, e meu reflexo sorri.

— *Amazing grace, how sweet the sound that saved a wretch like me! I once was lost, but now am found, was blind, but now I see** — assim que o som da última nota desaparece, a imagem em minha frente também se apaga.

Meu estômago se contorce, minha cabeça gira. Estou de volta à ponte, deitada no chão. Não há uma única estrela no céu. Nada além da escuridão. Giro o corpo e dou uma olhada no abismo ao meu lado. Do mesmo jeito, somente a escuridão. As estrelas se

---

* Graça maravilhosa, quão doce é o som que salvou um desgraçado como eu! Eu estava perdido, mas agora fui encontrado, estava cego, mas agora vejo.

foram. Estou sozinha. Sento-me e procuro pelo guarda-chuva na bolsa, até que me lembro de tê-lo lançado no abismo na última vez em que estive aqui.

Minha mente repassa as cenas que vivi repetidas vezes. Meu corpo pesa sobre a ponte, não tenho coragem de me levantar. Pressiono os olhos, refletindo sobre como era imatura na fé. Sim, eu orava, mas quando era motivada por meu avô. Ele sempre me ouvia com paciência e, por fim, dizia: "Você já orou sobre isso?". Então, ele orava comigo e por mim. Quando eu lia a Bíblia, era para cumprir alguma programação do nosso culto doméstico. Eu tinha que fazer a devocional porque era a lição de casa, e eu sempre fazia a lição de casa. Parece que toda a minha caminhada na fé se baseava na fé dos meus avós e dos meus pais.

Sempre que eu ouvia vovô falar sobre Deus, sentia que era real, porém toda vez que era eu quem abria a boca para falar sobre ele, onde quer que fosse, não parecia sincero. Mesmo na igreja, quando alguém me dava a oportunidade de ler um versículo ou orar por alguém, eu ficava insegura e lia olhando para o meu avô, esperando sua aprovação. Orava repetindo palavras que ele já tinha dito. Agora eu entendo. A fé não era minha, era do meu avô.

Algo começa a borbulhar em meu interior, uma necessidade urgente, um grito que não pode ser calado. Sei que preciso dizer estas palavras:

— Eu quero acreditar, quero a minha própria fé — falo baixinho.

Fico de pé, incapaz de conter meus sentimentos, e deixo a voz escapar da minha garganta alto e bom som.

— Eu creio em ti, Senhor! Eu creio em ti de todo o meu ser. Tu és o meu Deus, e eu sou tua filha. Entrego a minha vida nas tuas mãos. Usa-me, faze o que quiseres da minha vida! Eu entrego tudo, tudo, tudo...

Uma estrela aparece no céu, o que me encoraja a continuar. Lembro-me da história que vovô me contou há muitos anos, do plano perfeito de Deus ao enviar Jesus para morrer por mim. Minha oração se torna mais intensa.

— Entrego a ti meu plano infalível, pois sei que tu tens o melhor para mim.

Um soluço escapa dos meus lábios, e me coloco de joelhos, com as mãos levantadas para o céu.

— Eu quero servir a ti, meu Pai! Ó Senhor, que eras o Deus do meu avô, que o ensinaste a viver uma vida reta e plena, peço que me ensines também, me ensines a glorificar o teu santo nome com a minha existência.

Centenas de estrelas passam a brilhar ao mesmo tempo e dançam, cintilando. Eu choro, soluço e sorrio, tudo de uma vez só.

— Eu não quero mais viver uma vida sem ti. Não quero mais uma vida cheia de preocupações e ansiedade, quero viver aquilo que tu tens para mim!

Tenho tanta certeza da escolha que estou fazendo que meu coração está mergulhado em gratidão. Não há palavras que possam me ajudar neste momento, apenas lágrimas, muitas lágrimas.

— Deus, me perdoa, me perdoa...

As estrelas cantam uma música baixinha, saem de seus lugares e flutuam ao meu lado; algumas sorriem, e posso ouvir o som, como se pequenos sininhos batessem um no outro. Alegro-me com elas e, num salto, fico de pé e arrisco uma dança desajeitada. Cada passo me faz entender que toda a minha jornada me trouxe a este momento, para que essa certeza incontestável preenchesse cada parte do meu ser.

— Eu não quero viver mais nenhum segundo longe da tua presença, Pai.

Não sei dizer por quanto tempo eu deixo essa alegria transbordar, mas, quando sinto meus pés doerem, sento-me no chão, ofegante. Uma coisa doida acontece, e me recordo de um trecho da Bíblia. Despida de toda vergonha, deito meu corpo para trás e grito para as estrelas, para que mesmo a mais distante possa ouvir:

— "Ergam os olhos e olhem para as alturas. Quem criou tudo isso? Aquele que põe em marcha cada estrela do seu exército celestial, e a todas chama pelo nome. Tão grande é o seu poder e tão imensa a sua força, que nenhuma delas deixa de comparecer"!*

As pálpebras dos meus olhos pesam, e, com um sorriso nos lábios e a certeza de que o meu Deus é poderoso para me guardar — até mesmo quando estou dormindo —, pego no sono.

---

* Isaías 40.26, Nova Versão Internacional.

11
UMA SEGUNDA CHANCE MUDA TUDO

Sou despertada pelo toque de alguém no meu ombro. Meu corpo todo parece doer como se eu tivesse corrido uma meia maratona.

— Os bombeiros chegaram — ouço uma menina falar.

Tento abrir os olhos para entender o que está acontecendo e por que os bombeiros foram chamados. Não muito longe, uma voz firme pede que todos se afastem. Segundos depois, mãos ágeis tateiam meu pulso, e meus olhos são abertos à força. Só então percebo que aquele homem de uniforme cinza está ali por minha causa.

— Oi, mocinha. Fique tranquila. Nós vamos te levar para o hospital — ele diz.

Não consigo formular uma resposta. Sinto que minha boca está travada.

— Vocês viram o que aconteceu?

Ao meu redor, o grupo de adolescentes que estava brincando na quadra do parque começa a falar, todos ao mesmo tempo. Balançam as mãos e apontam para uma árvore próxima.

— Calma, um de cada vez. Você, menina! Me explica o que aconteceu.

— A gente tava jogando bola, e aí começou a chover *do nada*. Corremos para aquela padaria, que é da mãe do Gustavo...

— Eu — um menino levantou a mão.

— Certo — o bombeiro diz, após um segundo de silêncio.

— E depois...

— Um raio caiu em cima daquela árvore — a menina aponta para o outro lado da praça.

Tento, com dificuldade, virar o rosto para onde ela aponta, mas só consigo ver uma fumaça subindo.

— E a moça caiu no chão *du-ri-nha!* — a menina aponta para mim. — A mãe do Gustavo ligou para a polícia, mas eles falaram que o certo era ligar para os bombeiros. Ela desligou bem rapidinho e conseguiu falar com o senhor. Aí o senhor já sabe, porque a mãe do Gustavo já te disse que ela levou uma *desacarga* elétrica.

— Descarga — o menino Gustavo corrige.

Outro bombeiro chega com uma maca. Sem demora, os dois me colocam nela. Ainda não consigo falar, minha língua parece presa no céu da boca. Eles me levantam ao mesmo tempo. Quando já estamos longe do banco, a menina vem correndo.

— Olha, seu bombeiro! — e entrega a minha bolsa. — São as coisas dela. Tem esse guarda-chuva também.

Os homens me colocam na ambulância e pedem autorização para abrir a bolsa, a fim de procurar meus documentos. O mais velho pega meu caderno, e a cartinha do Pedro cai no chão. Ele junta tudo, e, quando está prestes a guardá-la, estico o braço e toco em seu uniforme.

— Mo... mo... moço.

— Oi — ele diz, surpreso. — O que foi? Está doendo?

O outro bombeiro me conecta a um soro e a um aparelho que controla batimentos cardíacos, enquanto o motorista dá partida.

— Lê — é o máximo que consigo dizer.

— Ler? Ler este papel?

Assinto. Ele encara o colega, que dá de ombros.

— Vamos ver — o bombeiro abre o envelope com cuidado, pois está úmido, encarando-o com os olhos semicerrados.

Um pozinho dourado se desprende do papel. Pisco os olhos para ter certeza do que vi, e o bombeiro boceja. Meu coração erra uma batida. Será pó de estrela?

Depois de bocejar mais duas vezes, chama pelo colega.

— O que você acha que está escrito aqui?

— Hum — o outro também estreita os olhos, pega o papel da mão do amigo e o coloca contra a luz. — Parece algo como "Podemos nos ver no Natal?".

Eles me olham, esperando alguma reação. Não sei dizer se consigo externalizar o sorriso, mas dentro de mim estou pulando de alegria.

— Victória do céu — minha avó entra correndo no quarto —, você está planejando nos matar de susto?

— Claro que não, vovó — abro os braços para que ela me abrace.

Me afundo nesse abraço. Fecho os olhos e memorizo seu cheiro de canela e café. Aqui, deitada na cama há um tempo, me sinto um pouco melhor. O medicamento para dor fez efeito, e a cama do hospital é, para minha surpresa, muito macia e aconchegante.

— Oh, querida — ela chora, com os braços ainda ao meu redor.

— Ai, ai, ai — reclamo. — Os remédios não são eficazes contra abraços de avós.

— Desculpa, desculpa, querida — vovó se afasta e seca as lágrimas com um lenço de tecido.

— Tudo bem, o médico disse que é normal sentir essa dor no peito, por conta da descarga elétrica — bato na cama, indicando para que ela se sente. — Vovó, acho que eu deveria ter morrido.

Ela fica boquiaberta.

— Nem fale uma coisa dessas!

— Mas é verdade! As chances de alguém sobreviver a um raio são quase nulas.

— O médico disse que a árvore do seu lado absorveu a maior parte da energia.

Concordo.

— E eu levei apenas um choquinho.

— *Um choquinho* — ela me imita e seca mais um rio de lágrimas.

— Deus me deu uma segunda chance hoje, sabia?

— Claro que sim, Ele te guardou.

— Vovó — pego a mão dela e fito-a nos olhos —, me perdoa por ter sido tão insensível com a senhora desde a morte do vovô.

— Querida... — vovó acaricia meu rosto. — Não há nada para desculpar, eu te entendo bem. Seu avô era muito importante para você... aliás, para nós. Não pense nessas coisas agora, apenas descanse.

— Sabe, eu andei pensando — fecho os olhos por alguns segundos — e quero pedir perdão porque a morte do vovô foi culpa minha.

Ela fica inexpressiva, seus olhos castanhos, opacos. Então, dá um passo para trás e cruza os braços, como se estivesse com frio.

— Menina, de onde você tirou essa ideia?

Meus olhos ardem, e eu preciso morder os lábios para conter a vontade de começar a chorar.

— Vovó, fui eu. Eu passei o vírus para ele. A culpa é minha, eu deixei ele doente!

— Querida... — vovó suspira, se aproxima de mim e pega minha mão. — Não. Isso é uma mentira para roubar a sua paz. Não era algo que você pudesse controlar.

Meneio a cabeça, negando. Uma lágrima finalmente escorre.

— Mas eu saí de casa quando você me pediu para ficar.

— Vicky, não tinha como você saber...

— Todos os jornais falavam para ficar em casa, e eu fui para a biblioteca. Mesmo com todos os cuidados, eu peguei o vírus.

— Sim, mas...

— Não, vovó — interrompo-a. — Se eu não tivesse sido tão teimosa e insolente, ele ainda estaria vivo.

— Victória, me escute bem. Seu avô era uma pessoa com um histórico complicado. Mesmo que naquele dia eu tenha falado para você não sair de casa, é compreensível que você tenha saído. Ninguém aguentava mais ficar trancado! Além do mais, não há como afirmar que foi você quem pegou o vírus primeiro. Seu pai ia ao mercado, sua mãe é médica... Pelo amor de Deus. Ela pode ter sido assintomática, estava sempre no hospital! Eu tinha a consulta com o cardiologista uma vez por mês, e até mesmo o seu avô, contra tudo e todos, saiu um dia para orar por um amigo que estava acamado.

Eu a fito em silêncio, pensando sobre essas informações.

— Eu não tinha pensado nisso...

— É porque você estava decidida a se culpar. Não posso afirmar que ele pegou essa doença do amigo por quem orou, do seu pai, da sua mãe, de mim ou de você...

— Mas eu nunca vou saber e me sinto culpada.

Vovó solta minha mão e caminha até o outro lado da cama, onde se senta em uma poltrona de couro.

— Vou te explicar duas coisas. A primeira é que nossos pecados e erros precisam ser entregues nas mãos de Deus. Ele perdoa as nossas dívidas. Quem somos nós para dizer que somos culpados quando o nosso Pai diz o contrário?

Contorço a boca, envergonhada.

— Eu também não tinha pensado dessa forma.

— A segunda coisa é que Deus não perdeu o controle de nada. Ele levou seu avô porque havia chegado a hora dele. Para tudo há um tempo determinado. Há tempo de viver, e há tempo de morrer.

Suspiro. Vovó descansa as mãos no colo e olha com serenidade para a janela.

— A senhora fala com tanta certeza e tranquilidade...

— Eu já chorei bastante, meu bem. Chegou a hora de seguir em frente. Deus conhece minhas forças e tem me sustentado.

— Será que eu consigo? Sabe, seguir em frente?

— Claro que sim. Você não está sozinha nessa jornada. Sabe que pode contar comigo, mas, acima de tudo, pode contar com Jesus. Tire todas essas dúvidas do seu coração e entregue nas mãos dele. E, o mais importante, não se coloque nesse lugar de achar que você tem o controle de coisas desse tipo. Esse fardo é demais para você e sequer te pertence. Estamos entendidas?

— Sim... — batidinhas na porta me fazem virar a cabeça.

— Ah, sim. Já estava me esquecendo. Eu trouxe nossa nova vizinha comigo, já que ela me deu uma carona até aqui.

— Nova vizinha?

— Entra, Rosa — vovó fala alto. — Peraí, ela não escuta muito bem.

Vovó vai até a porta, de onde surge uma senhorinha de estatura baixa e cabelos brancos. Engasgo com a minha própria saliva.

Ela entra sorridente e coloca um vasinho de flor no móvel perto da entrada.

— Oh, a senhora! — digo, apontando o indicador na direção dela. — A dona do guarda-chuva mágico.

— Guarda-chuva mágico? — as duas mulheres falam ao mesmo tempo.

Elas se entreolham com preocupação.

— Você está se sentindo bem, querida? — vovó pergunta.

— Sim, superbém! — respondo, com os olhos cravados na visitante. — Essa senhora me deu um guarda-chuva.

— Ah, era um guarda-chuva! — dona Rosa bate uma mão na outra, chega mais perto da cama e quase derruba a decoração de Natal do quarto no caminho.

— A senhora não sabia?

— Não, não — ela sorri. — Eu estava saindo da loja de roupas masculinas e uma jovenzinha perguntou se eu queria receber cinquenta reais ou um presente surpresa.

— E a senhora escolheu o presente surpresa — completo.

— Não, bobinha — ela ri. — Peguei o dinheiro e depois fui atrás da mocinha. Sabe, ela era muito linda, com um vestido azul cheio de estrelinhas douradas...

— Estrelas douradas?

— Sim, belíssimas — ela encara a parede atrás de mim, como quem sonha acordada. — Mas, enfim! Eu não queria um presente de graça, por isso peguei o dinheiro, fui atrás dela e comprei o presente.

— Mas a senhora aceitou o dinheiro de graça — minha avó reponde, como quem lê meus pensamentos.

— Ah, bem, um detalhe.

— E essa moça te deu o presente que você entregou para mim?

— Isso, mocinha. Eu adorei a brincadeira. Você disse que ele era mágico. Como assim?

Ela inclina o corpo na minha direção com os olhos brilhando, cheios de curiosidade.

— Ah, foi só um modo de dizer... É um guarda-chuva muito bonito, sabe?

Ela me encara, com as sobrancelhas franzidas.

— Hãm... Quero dizer, mágico... por tudo o que me aconteceu, sabe? É mágico estar viva — abro um sorriso nervoso. — Na verdade, acho que o raio afetou minha capacidade mental, e agora já nem sei o que estou falando.

Dona Rosa dá uma gargalhada.

— Sabe, às vezes, temos lembranças em nossa vida que são como um guarda-chuva.

Quase engasgo.

— C-como assim?

— As memórias, menina — ela coloca a mão em meu ombro —, são como um guarda-chuva, que nos protege de tempestades, nos mantém secos e distantes do frio. No entanto, a gente nem sempre sai precavido de casa: esquece o guarda-chuva em cima da mesa, do lado de um porta-retrato, ou simplesmente o perde quando vai ao mercado. Nossas memórias precisam ser cuidadas com carinho. Elas nos ajudam a viver neste mundo, nos consolam e nos protegem em dias difíceis.

— Faz sentido — vovó murmura.

— Porém — dona Rosa continua —, memórias são o que são! Da mesma forma que ninguém fica com um guarda-chuva na cabeça o tempo todo, devemos saber quando usá-las e quando deixá-las na bolsa ou em um armário quietinhas e bem guardadas. Ninguém consegue viver uma vida tranquila e em paz se ficar com um guarda-chuva o tempo todo na mão. Banhos de chuva também são bons, eventualmente.

— Que curioso... — solto, intrigada.

— O quê? O que é curioso? — Rosa pergunta.

— A senhora pensar sobre isso agora, porque eu...

— Ah, é que eu sou assim — ela me interrompe —, adoro uma boa reflexão. Eu ainda poderia falar sobre como um guarda-chuva pode nos impedir de ver as belezas que Deus criou acima de nós, como o céu azul, as nuvens e seus milhares de formatos, e, claro, as estrelas, todas elas... muito bonitas, você não acha?

Estas palavras desencadeiam em mim uma súbita crise de tosse. Dona Rosa se aproxima da vovó e apoia a mão no ombro dela.

— Amélia, eu tenho um xarope em casa, vai ser bom para essa menina. Também vou pedir para o círculo de oração colocar o nome dela na lista, acho que ela está precisando.

Fico encarando a senhorinha, intrigada por suas reflexões, mas elas mudam de assunto e começam a falar sobre o perigo de sair em dias chuvosos e sobre como o Brasil é um dos países que mais registra raios todos os anos. A conversa se estende, e o som das vozes delas fica cada vez mais distante, até me embalar em um sono cheio de sonhos com estrelas douradas.

A noite passou tranquila. Minhas duas companheiras ficaram conversando até tarde e depois disputaram uma competição secreta de quem roncava mais. Acho que a dona Rosa ganhou. Quando comentei, ela ficou feliz e até nos convidou para tomar café da manhã em uma padaria que conhece.

— Com licença — o médico bateu na porta no momento em que começamos uma discussão sobre qual padaria do bairro tinha o melhor café.

— Doutor, será que minha netinha vai poder voltar para casa hoje? — vovó pergunta assim que ele começa a conferir minha ficha.

— Vejamos... — ele vira as páginas e murmura algumas coisas.

— E então? Posso voltar para casa? — questiono, quando ele devolve o prontuário.

— Você teve muita sorte.

— Não, doutor, ela tem Deus na vida dela. Foi isso.

O médico ignora dona Rosa e volta a falar comigo.

— Você pode sair hoje, está tudo certo com seus exames. A dor no peito ainda vai levar um tempo para passar, mas é normal.

— Ai, ainda bem! — pulo da cama antes que ele termine de falar.

— Mas nada de exageros! Tudo com moderação nesses próximos dias.

— Sim, senhor.

Dona Rosa vai até ele, apoia a mão em seu ombro e fala:

— Deus te abençoe, doutor. A propósito, o senhor deveria cuidar dessa dor no seu joelho. Deus me mandou te falar isso porque te ama, mesmo que você faça de conta que Ele não existe.

— Como a senho...

— Vamos, rapidinho! Se sairmos agora, ainda dá tempo de passar na padaria que mencionei e pegar pão de queijo fresco — dona Rosa bate palmas, virando de costas para o médico boquiaberto.

Ela vai até o banheiro do quarto e começa a limpar as coisas por lá. O médico, ainda atônito, sai alguns segundos depois. Vovó e eu assistimos a tudo segurando o riso.

— Acho que ele aprendeu uma lição.

— Não só ele — digo, em voz baixa.

— O que foi, querida?

— Nada, não, vamos nos preparar para o café com a dona Rosa!

Arrumamos minhas coisas e, depois de passar na recepção, saímos do hospital. O dia além das paredes brancas e do cheiro asséptico está muito bonito. O céu vestido de azul faz parecer que a chuva do dia anterior renovou o ar e tudo ao nosso redor.

— O sol sempre brilha atrás das nuvens escuras — dona Rosa fala, admirando o céu.

— A senhora disse algo parecido no outro dia.

— Foi?

— Sim, mas foi algo como "as estrelas sempre brilham acima das nuvens escuras", lembra?

— Ah, sim... É verdade.

— Por que a senhora fica falando esse tipo de coisa?

A conversa da noite anterior ainda está acesa em meu peito.

— Estou falando alguma mentira, por acaso?

— Não, não está... Afinal, se analisarmos o fenômeno de dispersão da luz e da formação de nuvens, podemos afirmar e até visualizar que, mesmo em dias nublados, ainda temos um dia com iluminação, mesmo que difusa...

— Você é bem inteligente — ela me interrompe. — Meu neto vai muito bem na escolinha, você precisa conhecê-lo. Acho que vão gostar um do outro. Quem sabe você possa ajudá-lo nas disciplinas que ele tem mais dificuldade, né?

Sorrio. Essa mulher é peculiar, algo nela me faz querer protegê-la. Talvez sejam seus olhos gentis ou a simplicidade e inocência que transmite.

— Olhamos para o céu muitas vezes durante uma semana ou em um mês todo, e eu creio que o Senhor tem meios de nos ensinar e de falar conosco através da criação — ela para e aponta para uma florzinha crescendo no meio-fio. — Vê essa pequena flor? Quem diria que ela poderia crescer em um local como este?

— Verdade, e é muito bonita — vovó fala.

— Ela está em um local diferente do esperado, mesmo assim não deixou de ser flor e de trazer beleza. Da mesma forma, nós devemos florescer e dar frutos onde estamos, sendo o que o Senhor nos chamou para ser.

— A senhora tem razão.

— Quando digo que atrás das nuvens escuras o sol ou as estrelas ainda brilham, é para lembrar a mim mesma que a vida é assim também.

— O que você quer dizer com isso? — vovó pergunta.

— Bem, as nuvens pesadas trazem chuva, que é importante também, não é? — ela não espera por uma resposta. — Nós também precisamos viver momentos de tempestade, ou melhor, de dificuldade. Mas não importa quanto tempo a tempestade vai durar, acima das nuvens pesadas o sol continua brilhando.

— E, assim que a tempestade passar, a gente vai ser grato pelo calor do sol em nossas peles mais uma vez — complemento, abrindo os braços para o céu.

— Exatamente, menina Victória. Aliás, você tem um nome muito bonito.

— Obrigada, a senhora também.

— É verdade, meu nome é lindo — Rosa sorri. — A senhora também, dona Amélia, tem um lindo nome.

— Sim, vovó. Acho que, se eu tiver uma filha, vou chamar de Amélia em sua homenagem.

— Deixa disso, menina, pare de bobice. Sua mãe também queria fazer isso, mas eu não deixei!

— Então eu deveria ter o seu nome.

— Graças a Deus sua mãe me ouviu.

— Mas eu amaria me chamar Amélia — choramingo.

Vovó me abraça de lado e muda de assunto:

— Não é ótimo que nossa vizinha esteja nos ajudando tanto?

— Ah, dona Amélia, é o mínimo que posso fazer por essa garotinha. Ela me socorreu naquele dia no shopping.

— Mas a senhora até já me deu um presente, que foi bem útil — o peso da minha mochila me faz lembrar que o guarda-chuva está ali.

— Se eu pudesse, faria muito mais. É difícil encontrar jovenzinhos atenciosos.

— Eu nem sou tão atenciosa assim como parece.

Dona Rosa volta a caminhar e a seguimos. Ao chegarmos ao carro com a tinta já desbotada e um retrovisor quebrado, ela gira o corpo e fala, com o tom de voz sério:

— Algo me diz que esse susto que levou mudou alguma coisa dentro de você.

— A senhora nem imagina...

— Eu tenho a mente muito fértil, talvez eu possa imaginar, sim — ela sorri.

Entramos no carro e seguimos o pequeno trajeto. Ficamos a maior parte do caminho em silêncio. Amanhã é véspera de Natal, todas as ruas e boa parte das casas estão enfeitadas com luzes e bolinhas coloridas.

— Vovó, vamos montar nossa árvore?

Ela vira o pescoço para trás e quase dá um mau jeito. Então, me encara com os olhos arregalados.

— Se é isso que você quer...

— Quero muito — afirmo.

— Então assim será! — responde, animada. — Talvez sua mãe consiga chegar a tempo de nos ajudar.

— A senhora contou para ela do meu pequeno acidente?

— Ainda não. O médico me garantiu que você ficaria bem e que não havia motivos para preocupação.

Preocupação. É engraçado pensar sobre minha experiência de quase morte e não me sentir assustada e ansiosa. Preciso processar tudo o que aconteceu enquanto eu estava desacordada, mas sei que o que vivi na ponte sem fim, de alguma maneira, foi real e mudou tudo aqui dentro.

Depois de passarmos na padaria, seguimos para casa. Rosa encosta o carro, e eu estudo a casa de dois andares em que cresci, com suas janelas quadriculadas e a árvore do balanço nos fundos. Pela primeira vez em muito tempo, estou feliz em retornar para esse lugar cheio de memórias, seja nas gavetas, nos armários ou no cheiro que se desprende das paredes. Estou feliz por estar viva e animada para ver tudo o que o Senhor tem para fazer comigo e através de mim, já que Ele me deu uma nova chance.

E isso muda tudo.

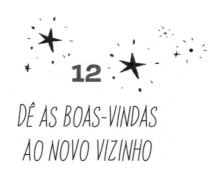

12
DÊ AS BOAS-VINDAS AO NOVO VIZINHO

É manhã de Natal, e eu estou empolgada. Essa frase parece errada demais para compor meu repertório. E vai piorar: estou ajudando minha avó a montar a árvore. Cada enfeite possui uma história única, e nossa árvore parece uma confusão de bolinhas coloridas e objetos aleatórios e sem sentido. Pelo menos para mim. Durante todos esses anos, com exceção do ano passado, ela sempre aparecia como mágica na sala. Meus avós acordavam cedo, às vezes de madrugada, para decorar tudo.

— Qual é a história dessa plantinha? — mostro uma flor branca para vovó.

— Isso não é apenas uma *plantinha* — ela ri —, foi um presente do seu avô para mim — ela me olha, esperando minha reação.

— Você pode me contar, se quiser — entrego o pendente para ela.

Seus olhos se iluminam, e um sorriso bobo escapa dos seus lábios. Vovó parece uma criança que acabou de descobrir que vai passar o dia no parque aquático.

— Minha querida, essa é uma Edelweiss.

— Como é? Ede... Edelweiss?

— É uma flor dos Alpes europeus que simboliza o amor eterno.

Vovó procura um lugar na árvore para colocar a pequena flor que parece ser feita de algodão. Apesar do bonito significado, sua aparência não é das melhores.

— Eu ganhei do seu avô no nosso aniversário de dez anos de casamento.

— Eita, faz tempo, hein! Como é que ele conseguiu essa flor?

— Tá aí, eu não faço a menor ideia! — ela dá um sorriso triste e encara a flor mais uma vez. — Ele disse: "Primeiro, vou te dar a flor, depois, vou levá-la até os Alpes europeus, para que você as veja em seu ambiente original" — vovó faz uma voz forçada, imitando vovô.

— Mas ele nunca levou a senhora, não é?

— Nós juntamos o dinheiro por anos, mas nunca conseguimos viajar.

— Por que não?

— Coisas da vida. Os planos de Deus são maiores que os nossos, mesmo que a gente não entenda.

— Mas que tipo de coisas da vida? Agora fiquei curiosa.

— Bem, no dia em que decidimos passar na agência de viagens para comprar nossas passagens e acertar tudo, recebemos uma notificação do locatário para devolver nossa antiga casa.

— Não acredito!

— Sim, e tínhamos menos de uma semana para tirar todos os móveis e encontrar um novo lar.

— Isso é permitido pela lei?

— Ah, querida, nós não entendíamos nada sobre lei e, com duas filhas pequenas, optamos por sair da casa. A viagem ficou para o futuro.

— Foi quando vocês se mudaram para cá?

— Sim. Nós demos uma entrada com o dinheiro da viagem e pagamos o resto por mais dez anos — ela ri. — Não foi nada fácil, mas Deus deu graça.

— Depois vocês não voltaram a sonhar com a viagem?

— Quando terminamos de pagar a casa, sua mãe passou em medicina. Era o sonho dela, e acabou virando o nosso também.

— E depois?

— Sempre surgiu alguma coisa: uma emergência, uma cirurgia no joelho, o casamento de sua mãe, a empresa da sua tia que precisava de ajuda, um carro novo... e aí, bem, você sabe.

— Vou levar a senhora para conhecer os Alpes europeus — anuncio.

— Para com isso, Vicky — ela se levanta e vai até a caixa pegar a estrela entalhada por vovô. — Eu já sou velha.

— A senhora não é velha.

Ela me olha com carinho.

— Sabe, vovó, será que você pode me contar como foi que você e o vovô começaram a namorar?

— Ah, não tem nada de mais... morávamos no mesmo bairro e nos aproximamos.

— Não, eu quero saber como foi que vocês começaram a namorar depois que vovô voltou a andar com Jesus.

— Ah, isso! — vovó fica com as bochechas vermelhas. — Que tempo bom, que não volta mais.

— Vovó! Me conta logo.

— Bem, eu era totalmente apaixonada por seu avô, mesmo quando ele estava afastado dos caminhos do Senhor. Orei muito para esquecer o sentimento e seguir em frente, mas, toda vez que o via, tinha as sensações mais extraordinárias. Às vezes, até parecia que meu coração era arrancado do peito.

— Vovô disse algo semelhante...

— É? Interessante. Pois bem, ele já estava há um tempo na igreja e não se aproximava de mim. No máximo, me cumprimentava e sorria. Pensei até que ele não tinha mais nenhum interesse.

— Vai ver que ele queria mostrar que estava diferente e firme com Jesus.

— É claro que sim, mas eu era uma adolescente e não conseguia entender dessa forma. Apesar dos dramas do coração, minha prioridade sempre foi Jesus. Logo depois que seu avô voltou para a igreja, eu comecei um grupo de evangelismo. Afinal, foi assim que conheci Jesus e acreditava que muitas pessoas poderiam ser alcançadas como eu fui.

— Você e vovô continuaram fazendo isso na praça, não é?

— Exatamente. Mas fui eu que convoquei a primeira reunião. No final do culto, pedi a oportunidade para usar o púlpito e convidei a igreja para se juntar a mim na segunda, depois das seis da tarde. Eu estava bem nervosa. Quando vi seu avô saindo da igreja na hora que eu estava falando, fiquei com vontade de gritar com ele!

— Por que ele fez isso?

— Bom, um tempo depois, ele me contou que seu coração estava doendo de saudades de mim e ele precisou sair.

— Que fofo.

— Seu avô era mesmo.

Percebo a palavra *era* na boca de minha vó. Mas, desta vez, nada acontece. Não sinto vontade de sair correndo.

— No dia seguinte, só ele apareceu na reunião.

— Ah, então foi por isso que vovô disse que você o chamou para sair!

— Ele falou isso? — ela ri. — Não foi exatamente um convite para sair, mas, durante muito tempo, a equipe jovem de evangelização se resumiu a nós dois. Acabamos nos reaproximando, e cada encontro do nosso grupo era movido por muita expectativa. No final de um mês de encontros, voltamos a namorar e, um ano depois, nos casamos.

— Espero encontrar alguém assim para dividir a vida, igual você e vovô.

— Você vai, querida. Não tem aquele menino... como ele se chama?

— De quem você tá falando?

— Acho que era Pedro... — vovó finalmente pega a estrela.

— Ah, bem, acho que não tem nada a ver. Nem sei por onde ele anda — tomo a estrela de suas mãos para colocá-la no topo da árvore e subo em uma cadeira.

— Cuidado, Vicky, você não pode fazer muito esforço — ela coloca as mãos atrás de mim, me protegendo.

— Tá tudo bem, dona Amélia — digo, já em chão firme, depois de ter cumprido a tarefa.

— Ficou lindo, não é?

Olho para nossa árvore toda bagunçada e tenho que concordar. Há uma certa beleza peculiar em todos aqueles enfeites misturados e fora do padrão. A árvore me faz lembrar de uma história de Natal que li há algum tempo, sobre uma noiva viciada em listas.

— Sim, vovó. Ficou linda!

— Ah, antes que me esqueça!

Ela sai correndo na direção da cozinha e volta com um prato de bolo nas mãos.

— Você se importa de levar para nossa vizinha? Ela nos ajudou tanto no hospital! Aproveite para reforçar o pedido para que ela venha jantar conosco hoje à noite.

— Mas por que *eu* tenho que ir até lá?

— Sua mãe vai chegar daqui a pouco, e eu quero terminar uma torta de carne que comecei a preparar para ela.

Examino o bolo e depois a vovó, cedendo aos olhos gentis dela.

— Tudo bem, então.

— Ah, querida! Outra coisa! Eu não tenho certeza, mas acho que vi o livro que você estava procurando na sala do seu avô. Hoje de manhã, entrei lá para pegar as caixas de enfeites de Natal, e ele chamou minha atenção.

— *O cavalo e seu menino*?

Ela pensa, pendendo a cabeça para o lado.

— Acho que sim, mas é melhor você conferir.

— Obrigada, vovó.

— Oh, por nada, querida, mas eu nem tenho certeza de que é seu livro...

— Não por isso, por tudo! — digo, estalando um beijo em sua bochecha.

Ela sorri e devolve o beijo.

Tenho que controlar minha vontade de subir as escadas e conferir se é mesmo o livro que Pedro me deu. Em vez disso, saio de casa e atravesso a rua.

A casa da frente é uma cópia da nossa, só que está pintada com um marrom terroso e tem um Fiat estacionado na garagem. Paro na entrada e equilibro o bolo em uma mão para conseguir tocar a campainha. Depois da terceira tentativa e já quase desistindo, uma voz conhecida me chama no portão.

— Vicky.

Giro meu corpo devagar, cogitando a possibilidade de ter voltado para as viagens no tempo. Pedro caminha até mim, com as mãos cheias de sacolas de compras, vestindo uma camisa preta e com um sorriso nos lábios que me faz duvidar se deveria ter recebido alta do hospital, já que meu coração parece ter sido arrancado do peito.

— Pedro? — resisto à vontade de tocar nele para verificar se é real. — O que você tá fazendo aqui?

Ele dá sinais de que vai responder, mas a porta da casa se abre, e dona Rosa sorri de orelha a orelha.

— Bem que eu pensei ter ouvido a campainha! — ela me abraça, e eu quase deixo cair o prato com o bolo. — O que você faz aqui, menina?

Dona Rosa me solta do abraço, e meu olhar se divide entre ela e Pedro, tentando entender o que está acontecendo.

— Oh sim, sim... — a senhora parece perceber minha confusão. — Victória, esse é o meu netinho, de quem falei para você, lembra?

Como assim Pedro é meu vizinho? A senhorinha do shopping é avó dele? Minha mente tenta buscar alguma recordação de dona Rosa mencionando o nome do neto ou de algum comentário de Pedro sobre a avó na época em que passávamos o dia todo juntos. Nada me ocorre.

— Você é neto — aponto para Rosa — dela?

Os olhos confusos dele alternam entre nós.

— Pensei que seu neto tivesse cinco anos de idade — digo para a mulher na porta.

— Vocês já se conheciam?

— Essa é a menina que foi atingida pelo raio, Pedrinho — Rosa explica.

Os olhos dele se arregalam de repente.

— Victória! — ele solta as sacolas no chão e dispara na minha direção, segurando meu rosto com as duas mãos. Isso me faz lembrar sua versão mais madura, e meu coração dá um saltinho.

— Você tá bem? Como isso aconteceu? Por que você tava na rua na hora de uma tempestade? — ele solta meu rosto de repente e olha para a avó. — E por que não me disse que era a Victória que estava no hospital?

— Oh, eu não mencionei o nome dela?

Agora, Pedro me abraça com tanta força que quase me sufoca.

— Sinto muito, muitíssimo... — ele fala, sem me soltar.

— Você tá bem mesmo? Se precisar de qualquer coisa, eu tô aqui!

Pedro tem cheiro de baunilha. É embaraçoso me sentir reconfortada nos braços dele depois de tanto tempo sem nos vermos. Dona Rosa coça a garganta duas vezes, e eu continuo imóvel, tentando retribuir o abraço de um lado e equilibrando o bolo de outro.

— Vocês já se conheciam? — Rosa volta a perguntar.

Pedro me solta e olha para a avó:

— Ela é a minha melhor amiga! Lembra que contei para a senhora?

O rosto de Dona Rosa se ilumina.

— Oh, sim! — ela bate uma mão na outra. — Menino, que provisão de Deus a gente conseguir esta casa bem do lado da dela! Fico muito feliz, porque assim ela pode te ajudar a ir ao mercado, não é, querida?

— P-posso — quase deixo o bolo cair. — Isso é um presente de boas-vindas — entrego-o a ela antes que o pior aconteça. —É da vovó para a senhora.

— Essa Amélia é uma pessoa doce e gentil, estou muito feliz por tê-la como vizinha — Rosa olha para o bolo com um sorriso nos lábios, mas no segundo seguinte ordena: — Vocês dois, parem de enrolação. Pedro, eu enviei uma lista de compras no seu celular, pode usar seu cartão.

— Mas eu acabei de voltar do mer...

— Eu esqueci algumas coisinhas, anda logo, é coisa urgente!

— Sim, senhora! — ele finge bater uma continência. — Mas a Vicky não deveria ir junto, ela ainda está se recuperando.

A mulher nos enxota com um gestozinho apressado.

— Uma caminhada vai fazer bem para ela. Acredite, uma simples caminhada é mais eficaz que muito remédio. Agora, vão. Aproveitem para conversar bastante! — dona Rosa volta para o interior da casa resmungando e balançando a cabeça em negativa.

— Adolescentes!

Pedro coça a nuca, e nos encaramos em silêncio.

— Vo...

— Des...

Falamos juntos. Ele sinaliza para que eu fale e faço o mesmo. Um constrangimento se instaura no meio de nós como um elefante perdido no centro da cidade. Nem parece que Pedro estava me abraçando há um minuto.

— Acho melhor eu voltar para casa — começo a caminhar, mas ele segura minha mão.

— Vamos ao mercado? Ouvi dizer que conselho de avó é coisa séria, e se ela disse que vai te fazer bem caminhar, eu tenho certeza de que vai mesmo.

Sorrio.

— Tudo bem — o calor da mão dele me faz mudar de ideia.

Pedro recolhe as sacolas do mercado que havia acabado de deixar cair no chão e as guarda dentro de casa. Seguimos na direção oposta ao parque, para a região das lojinhas e restaurantes.

— Desculpa pelo abraço de antes — Pedro esconde o rosto com as mãos.

— Ah, tudo bem. Foi um bom abraço — minhas bochechas ardem. — Quer dizer, você tem um bom abraço, mas não me entenda errado... — *ai, eu quero sumir.*

— Entendi, você quer mais um abraço, não é? — ele para de caminhar e abre os braços.

— Para com isso! — exclamo e continuo caminhando.

— Agora estou morando do outro lado da rua, sempre que precisar de um abraço, pode me chamar.

— Você continua bem convencido, não é? Some por um ano e aparece como se nada tivesse acontecido — falo na brincadeira, mas só então percebo que minhas palavras o feriram. — Desculpe, eu não quis...

— Tudo bem, você tem razão. Mas eu tenho justificativas para isso.

Nos minutos seguintes, ele me conta a mesma história que o Pedro de trinta anos me contou nas viagens no tempo. Digo que sinto muito, e ele fala que sabe pelo que passei no último ano.

— Realmente, não foi um ano fácil para nós dois.

— Não mesmo!

Caminhamos em silêncio por um tempo, até chegarmos ao calçadão. Com o horário do almoço se aproximando, várias pessoas ocupam os bancos na frente dos restaurantes.

Seguimos até o mercado, e Pedro olha a lista urgente da avó.

— Ela quer uma fita adesiva, um pacote de balas de menta e percevejos*— ele ri.

— Ela disse que era urgente.

— Vai ver ela tá preparando uma surpresa para o Papai Noel!

— Oh, você ainda acredita nele? — balanço a cabeça. — Tsc. Tsc. Tsc.

— Até Lewis cita o bom velhinho em *As Crônicas de Nárnia*.

— Ninguém é perfeito...

— Um motivo a mais para acreditar!

---

* Alfinetes.

— Então vê se cuida do que sua vó vai preparar, porque as balas fazem sentido, mas os percevejos e a fita adesiva parecem itens de uma lista do Kevin McCallister para pegar o Papai Noel em uma armadilha. Ele encontra a gôndola das balas e pega o pacote, balançando-o em minha direção.

— Tem razão, vou esconder dela — e pisca para mim.

Meu coração fica agitado. Quando tento me virar para ver o preço de uma barra de chocolate, uma moça apressada passa ao meu lado e esbarra em mim, me empurrando contra Pedro. Eu me apoio em seu peito, e ele me segura pela cintura com a mão livre. Olho para cima, e nossos olhares se encontram. Meu coração dispara de vez. Há muito a ser dito, já que não nos vemos há tanto tempo. Eu queria poder contar a ele sobre tudo o que eu vi e sobre como ele continuará bonito daqui a alguns anos. Pedro aproxima o rosto um pouco mais do meu. Quanto mais rápido meu coração bate, mais eu me lembro do conselho do meu médico para pegar leve, mas não consigo desviar os olhos, então os fecho.

— Hã-hã, com licença — sinto alguém tocando em meu ombro.

Me afasto de Pedro com um pulo.

— Eu quero pegar uma caixa de bombons, se não for incomodar os pombinhos — um senhor de idade nos encara por sobre os óculos.

— Claro que não, o senhor pode ficar à vontade — Pedro abre espaço para ele.

— Acho que nós podemos ir — digo, sem saber onde repousar o olhar.

— Ah, é, podemos. Só vou pegar os percevejos e a... — ele coça a nuca.

— A fita? — emendo.

— Isso.

Depois de pagar pelas compras, saímos do mercado e voltamos pelo calçadão lotado.

— Tô me sentindo um pouco cansada.

— Você consegue caminhar? Posso chamar um...

— Não precisa, vamos devagar.

Assim que termino de dizer essas palavras, um músico de rua para em nossa frente e sinaliza para que o escutemos. Viro-me para Pedro, que está com os olhos brilhando. É claro que ele estaria pronto para ouvir o trabalho de um músico independente.

Observamos o homem sentar-se em um banquinho e tirar o violino da caixa. Ele faz gestos gentis e delicados, admirando a beleza do instrumento. Fecha os olhos, e logo a primeira nota nos envolve. O reconhecimento me toma de surpresa: é o mesmo louvor que estava cantando na lembrança para a qual as estrelas me enviaram! Meu coração parece explodir de excitação. Na hora em que é esperada a entrada da letra, não me contenho:

— *Amazing grace, how sweet the sound** — canto.

O homem sinaliza para que eu continue, e assim prossigo. Pedro me encara com os olhos arregalados. O homem do violino fica em pé e se move de forma graciosa ao meu redor, sem errar uma única nota. Pedro começa a bater palmas no ritmo da música, enquanto uma pequena multidão se reúne ao nosso redor.

— *Through many dangers, toils, and snares, I have already come; 'Tis grace hath brought me safe thus far, and grace will lead me home*† — minha voz treme um pouco.

---

* Graça maravilhosa, quão doce é o som.

† Apesar de muitos perigos, labutas e armadilhas, eu já vim; esta graça me trouxe seguro até agora, e a graça me levará para casa.

Olho para o grupo que se formou ao nosso redor, e algumas pessoas nos observam emocionadas; uma mulher seca uma lágrima, e uma menininha de vestido vermelho gira o corpinho como se estivesse dançando balé. Há um cesto com algumas rosas vermelhas. O músico sinaliza com o rosto para que a menina pegue uma flor, ela obedece e continua a dançar, agora com a flor na mão.

— *The earth shall soon dissolve like snow, the sun forbear to shine; but God, who call'd me here below, will be forever mine** — finalizo a música.

Assim que a última nota se desprende do violino, as pessoas batem palmas e começam a depositar moedas e algumas notas de baixo valor no chapéu do homem.

— Você foi incrível! Quer dizer, você é — Pedro me encara. — Você nunca me contou que sabia cantar.

— Eu sei?

— Você já se ouviu cantando?

— Bom, já...

— Então você sabe como é! Por um momento, eu pensei que estava no céu.

— Que exagero!

— Vicky, eu gravei. Depois você vai ver. Deus te deu um dom, você precisa fazer algo.

— Mas o...

O homem do violino se aproxima e toca em meu braço. Na mão, ele segura algumas notas.

— Você quer me dar o dinheiro? — pergunto.

Ele assente.

— Não, não precisa.

---

* A terra logo se dissolverá como a neve, o sol deixará de brilhar; mas Deus, que me chamou aqui embaixo, será para sempre meu.

Ele sorri e sinaliza algo com as mãos.

— Ele está dizendo que é muito grato pelo que você fez e que é a primeira vez que ele consegue esse tanto de dinheiro — Pedro traduz, ao perceber a confusão em meu rosto.

— Como você sabe?

— Eu estudei a língua de sinais, ora.

Olho para ele, surpresa. Mais uma prova de que passei tanto tempo preocupada comigo mesma que não sei tanto sobre os meus amigos como eu pensava.

— Diga que ele toca muito bem — peço.

Pedro sinaliza. O músico sorri e entrega a Pedro uma das rosas do cesto. Depois, volta a sinalizar, apontando para mim.

— Ele disse — Pedro sorri —, que é para eu dar isso para a minha namorada.

— Mas nós não somos namorados, fale isso para ele — digo, ao aceitar a rosa.

Pedro faz os sinais, e os dois riem. Aperto os olhos, desconfiada.

— O que você disse?

Pedro abre a boca para responder, mas o homem sinaliza um tchauzinho e vai embora. Com muita destreza, ele guarda o violino e sai balançando a cabeça no ritmo de uma música imaginária que só ele sabe qual é.

— O que foi que você disse para ele? — insisto. — Por que ele ficou rindo?

— Disse o que você me pediu — ele dá de ombros. — Vamos voltar, logo é hora do almoço.

Isso não me convence, porém decido não insistir. Voltamos pelo calçadão e passamos quase todo o caminho conversando sobre música e sobre como glorificar a Deus através da arte. Quando chegamos ao portão de casa, Pedro se despede, e meu coração fica apertado. Enquanto o vejo se afastar pela rua, sinto como se nunca tivéssemos nos distanciado, como se o ano que passou nunca tivesse existido e como se ainda ontem estivéssemos os dois sentados na biblioteca, conversando sobre nossos livros favoritos e estudando álgebra linear.

O breve momento no mercado me dá esperança de que ele ainda sinta o mesmo. Será que há um futuro para nós dois?

Observo-o entrar em casa enquanto cheiro a rosa e, sonhadora, sussurro:

— Tua graça é mesmo maravilhosa, Senhor.

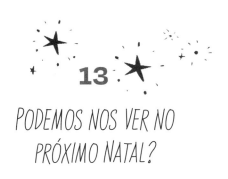

13
PODEMOS NOS VER NO PRÓXIMO NATAL?

Depois de declarar guerra contra cada peça de roupa do meu armário, acabo escolhendo a primeira que havia experimentado: um vestido rosa claro com algumas aplicações nas mangas curtas. Daqui do quarto, posso ouvir o pessoal chegando no andar de baixo. Quando a campainha toca pela segunda vez, sei que são dona Rosa e Pedro. Tão logo ouço a voz dele, minhas mãos começam a suar. Corro para me olhar no espelho e me pergunto se o vestido foi mesmo uma boa escolha.

Antes que acabe trocando de roupa mais uma vez, saio do quarto e vou para a varanda que sai do mezanino. Essa é uma das coisas que mais amo nessa casa! A sacada é ampla e, além de iluminar muito bem, permite que em dias quentes como hoje um vento fresco passeie pelos cômodos.

Descanso o corpo nas grades do parapeito e observo a vizinhança. Pequenas luzes natalinas cintilam por toda a rua, e um cheiro de comida boa paira no ar. O vizinho ao lado escuta uma música antiga e, desafinado, canta o refrão. Suspiro, absorvendo todas as sensações que esse momento me traz, e falo com Deus:

— Senhor, obrigada por esta noite bonita, por este céu de diamantes — o vento bagunça meu cabelo. — Sou grata pela noite estrelada e por todas as noites que ainda virão. Tu sempre estás ao meu lado... A certeza dessa verdade me toma por completo. Nunca estive só e nunca estarei. Entrego meu coração a Deus, oro e canto um louvor baixinho.

— Senhor, obrigada por tua misericórdia e por tudo que me ensinaste nos últimos dias. Entrego meu plano *falível* em tuas mãos, porque eu sei que só assim tudo sairá bem, como deve ser. Oro para que abençoes meu futuro emprego e minha carreira como economista, e para que também me permitas encontrar o amor, assim como meus avós, meu casal favorito número um, encontraram.

— A lua tá linda, não é?

A voz inesperada me faz dar um pulinho.

— Oi — digo, com a mão amparando o peito. — Eu não ouvi você chegar.

— Perdão — ele ri —, te assustei. Não era minha intenção.

— Tudo bem. Eu só quase caí da sacada, mas em alguns instantes meu coração deve voltar para o lugar — ele abre um sorriso lento e se aproxima.

Depois de se posicionar ao meu lado, observa o quintal, logo abaixo da sacada. Nossos braços se tocam por um segundo, e eu sinto meus pelos se arrepiarem.

— Que bom que você não caiu. Teria sido uma morte terrível — Pedro diz, despertando-me do devaneio. — Um trauma para metade da sua família e para a minha vó.

— Não — finjo fazer pouco caso. — Sua avó faria algum comentário reflexivo sobre a situação, algo do tipo: "Após uma queda, sempre há o levantar-se". Quem sabe até escreveria um livro!

Ele solta um riso alto.

— Ela é assim mesmo! Como você sabe?

— Tive uma conversa com ela um dia desses.

— E sobre o que vocês conversaram, posso saber?

— Sobre você, claro.

— Sobre mim? — ele arregala os olhos. — O que ela disse?

— Ah, coisas normais. Você sabe...

— Não sei, não. Me fala — parece que ele controla a voz para disfarçar a ansiedade. — O que ela disse?

Prendo o riso, achando secretamente engraçadinho ele assim, tão curioso.

— Por que você tá tão preocupado?

Pedro levanta uma sobrancelha.

— Não tô, só quero saber o que ela anda falando de mim por aí.

— Nada de mais, pode ficar tranquilo.

— Mas o que seria esse *nada de mais*?

Seguro o ímpeto de revirar os olhos. Pelo jeito, ele não vai desistir.

— Ela mencionou o quanto você é estudioso.

— Ufa! Só isso?

— Ué, o que você achou que era?

Ele dá uma olhada rápida para a lua, depois volta a me encarar e suspira.

— Nada — ele aponta para o céu sem tirar os olhos de mim. — Reparou como a lua tá bonita hoje?

— Você já disse isso — cutuco-o com o braço. — Mas, sim. As estrelas também estão muito bonitas.

Ele parece segurar o riso, mas não sei dizer por quê.

Ficamos em silêncio, contemplando a noite, enquanto minhas amigas estrelas cintilam, e um ar fresco sopra contra nossos rostos. Fecho os olhos e respiro fundo, lembrando da ponte sem fim. Será que as estrelas vão me permitir voltar para uma visita? Ou será que nunca mais vou sentir aquele embrulho no estômago, borboletas flutuando e a maciez da ponte?

Espero poder voltar. Embora eu dispense todas aquelas viagens, gostaria de passar um tempo por lá, se Deus permitir. Talvez eu devesse tentar abrir o guar...

— Vicky — Pedro me desperta mais uma vez —, eu tenho uma pergunta para você.

— Pode perguntar.

— É que, eu meio que ensaiei isso há tanto tempo...

Ele fala de um jeito solene e sério que faz um frio percorrer minha espinha.

— Talvez não faça muito sentido, mas eu quero saber se podemos nos ver no próximo Natal.

— Mas esse Natal ainda nem chegou ao fim! — não consigo evitar o desânimo na voz, pois estava esperando outra coisa.

— Eu sei, mas preciso saber se você quer me ver no próximo.

Nossos olhos se encontram, e ele pega a minha mão, fazendo um carinho gentil nos nós dos meus dedos.

— Você leu a dedicatória do livro que te dei?

O livro! Arregalo os olhos, olhando ao redor.

— Você se refere a *O menino e seu cavalo*?

— *O cavalo e seu menino.*

— Confundi — rio de nervoso.

— O que você me diz? Eu sei que aquela dedicatória foi escrita há um tempo, mas eu não mudei de ideia, e você?

Ele morde o lábio inferior e me encara com expectativa. Como é que vou dizer que eu não li a dedicatória até hoje?

— Pedro — começo, enquanto meu cérebro trabalha a todo vapor —, você pode me dar um minutinho? Não sai daqui, por favor.

Saio correndo e vou até o antigo escritório de vovô.

— Onde será que vovó viu o livro?

Procuro pela estante toda e não encontro nada. Depois, faço uma busca na escrivaninha e pelo chão. O escritório está uma bagunça, cheio de caixas para doação e alguns móveis antigos. Abro algumas portas, confiro embaixo da poltrona, abro todas as gavetas da mesa. Subo na cadeira para ter uma visão melhor do escritório e até puxo as cortinas, mas isso nem faz sentido. Eu deveria ter procurado assim que voltei do mercado, ao invés de gastar meu tempo me preocupando com a roupa da noite.

— Ela disse que viu aqui! — bagunço meu cabelo.

Jogo meu corpo na poltrona e descanso as costas no encosto, mas me sinto desconfortável, como se tivesse algo fora do lugar. Fico em pé e tiro a almofada. Ali está! Com a respiração entrecortada, seguro o livro nas mãos. Quando estou prestes a abrir, uma ideia me ocorre.

Volto correndo até a varanda. Pedro ainda está ali, admirando o céu, e nem percebe minha presença. Eu o observo em silêncio. Será que ele vai se tornar igual ao Pedro que encontrei nas minhas viagens no tempo?

Pedro começa a assobiar uma música de um grupo indie que ele me apresentou na época em que passávamos mais tempo na biblioteca do que em casa. A memória me faz sorrir. Ele toca uma guitarra imaginária e canta uma ou outra palavra. Se eu pudesse usar o guarda-chuva novamente e me fosse permitido escolher para onde iria, com certeza escolheria voltar para este instante várias e várias vezes, pois é neste momento que decido não reprimir os sentimentos. É neste momento que vejo em Pedro uma resposta de oração, e isso faz tanto sentido quanto bolachas confeitadas no Natal, ou cheiro de canela e café na cozinha de casa, ou o sol escondido atrás das nuvens que surge depois de um dia chuvoso.

Pedro nota a minha presença.

— Ah, aí está você! Amanda acabou de gritar para a gente descer — ele aponta para o quintal.

— Eu quero te mostrar uma coisa antes — levanto o livro na altura do peito. — Preciso confessar que até hoje não li sua dedicatória.

— Oh, sério?

— Eu tinha outro exemplar igualzinho... Não quis te contar para não estragar o presente.

Cubro o rosto com o livro e abaixo só um pouco, de modo que ele veja apenas meus olhos.

— Então você nem fazia ideia do que eu estava falando naquela hora, não é?

Faço que não com a cabeça.

— Com licença — ele fala e pega o livro de minhas mãos, que ainda cobria meu rosto.

Pedro abre o exemplar e sorri para a página. A curiosidade em meu peito quase me afoga.

— Posso ler para você?

Minha boca está seca e mal consigo dizer que sim, mas ele entende meu silêncio como incentivo. Limpa a garganta e, com aquela voz doce e gentil, sussurra as palavras no vento da noite.

— "Vicky" — ele olha para mim —, "'amar é ser vulnerável', disse o nosso autor favorito. Nesse momento, eu me sinto o cara mais vulnerável do universo. E a culpa é sua."

Ele mantém os olhos na página. As minhas palavras fogem, e sinto as pernas fracas. No entanto, as viagens no tempo me fizeram perceber que deixar de tomar algumas decisões é algo capaz de mudar por completo o rumo das nossas vidas. Dou um passo à frente e tomo Pedro pela mão.

— É isso que você ainda quer? Ser vulnerável comigo? — digo, baixinho.

O vizinho está ouvindo "Last Christmas", e as notas chegam até nós como se nos empurrassem para mais perto um do outro. Nossos olhos se encontram, e o espaço entre nós diminui. Pedro fecha os olhos e encosta a testa na minha.

— Nem nos meus melhores sonhos eu pude imaginar que estaríamos assim nesse Natal — ele solta o livro em uma cadeira próxima e, com a mão livre, faz um carinho no meu rosto. — Eu me sentiria o cara mais honrado se pudesse ser vulnerável com você.

Nossos lábios estão próximos o suficiente para um beijo. Meu primeiro beijo de verdade, e com alguém que faz meu coração dar verdadeiras cambalhotas.

— Eu orei por você todo esse tempo — Pedro sussurra e encosta o lábio no meu.

Uma descarga elétrica percorre meu corpo. Quero dizer que também orei por ele, mas sinto que perdi a voz. Fecho os olhos, preparada para corresponder ao beijo do garoto que amo.

— Victóooooooria — Amanda grita o meu nome.

Pedro e eu nos afastamos no momento exato em que minha amiga aparece na varanda.

— O que tá rolando? — ela para na porta, curvando as sobrancelhas. — Por um momento, pensei ter visto vocês bem pertinho um do outro...

Um acesso de tosse me acomete. Amanda sorri e não insiste mais. Por causa disso, minha vontade de matá-la até diminui um pouco.

— Sua avó mandou avisar que a ceia tá pronta e só faltam vocês dois. Bora? — ela bate palmas. — Depois vocês continuam de onde pararam — e dá uma piscadinha.

— Para com isso, Amanda.

Ela levanta as mãos no ar e sai da varanda.

— Vamos logo! — grita, já descendo as escadas.

Sem coragem de encarar Pedro, dou um passo para seguir pelo mesmo caminho que minha amiga, mas ele segura meu pulso e, quando giro o corpo de volta para ele, nossos lábios se encontram.

Fecho os olhos e sinto em meu estômago aquela sensação gostosa de milhares — não, milhões! — de borboletas fazendo festa. A maciez dos lábios de Pedro me faz desejar nunca mais sair deste momento.

— Eu tô com fome! — Amanda grita, do andar térreo.

Pedro sorri.

— Só para confirmar — ele fala ao pé do meu ouvido —, sermos vulneráveis juntos significa que estamos namorando, né?

A palavra dita pela voz de Pedro desencadeia uma avalanche de emoções.

— *Acho* que sim, *namorado* — experimento a palavra.

— Você... acha? — e chega mais perto. — Vou precisar te beijar de novo para acabar com qualquer dúvida.

— Será? — levo a mão à boca dele quando percebo que se aproxima novamente. — Precisamos descer, antes que Amanda venha nos pegar pelas orelhas.

— Espera — ele tira um saquinho de couro do bolso, fechado com um laço de cetim fino —, meu presente para você.

— Oh, não, eu não comprei nada para você.

— Tecnicamente, eu também não comprei.

— Você roubou? — brinco, mas ele não responde. — Você roubou? — pergunto, séria.

— Claro que não — ele ri. — Foi um presente da vovó.

Observo o saquinho em minha mão.

— Não posso aceitar.

— Você pode, sim.

— Mas não foi algo que sua vó te deu? Não é especial ou algo do tipo?

— Sim, ela disse que eu deveria presentear a garota de quem gosto.

Minhas bochechas tornam a pegar fogo. Abro o saquinho, e um colar com um pingente de coração cai em minha mão.

— Eu já vi isso antes! — seguro o colar na altura dos olhos.

— No desenho que fiz para você?

— Sim, é isso mesmo. Você já tinha a intenção de me dar o colar naquela época?

— Eu teria entregado a você no dia em que te conheci... — ele diz, baixinho. — Posso colocar em você?

— Claro.

Fico de costas e prendo o cabelo em um rabo de cavalo. As mãos de Pedro tocam a minha pele, e as descargas elétricas estão de volta. Ele fecha o colar, e eu seguro o pingente de coração nas mãos. Neste momento, percebo que há uma estrela desenhada na parte de trás do pingente, com uma pequena pedra brilhante no centro.

— Uau! — meus olhos ficam úmidos. — É muito lindo, obrigada.

Pedro dá um beijo na minha testa e segura minha mão. No andar térreo, uma sinfonia de talheres batendo em pratos é iniciada.

— Vamos, antes que venham nos pegar — ele sinaliza para que eu vá na frente.

Desço as escadas flutuando, e vovó começa a orar assim que nos sentamos à mesa. A cozinha está toda enfeitada, e as típicas comidas da noite estão servidas. Pelo reflexo do armário espelhado, é possível ver a árvore de Natal com suas luzes coloridas e, no pote em cima do armário, as bolachas que confeitamos. Na porta da geladeira, há uma foto minha com vovô ao lado de dezenas de outras que retratam momentos alegres compartilhados em família. Olho para as pessoas à mesa: vovó, enquanto ora com seu fervor pentecostal; mamãe, com a cabeça apoiada no ombro do papai; meus novos vizinhos e minha melhor amiga, com seus pais e seu namorado. Oro em silêncio, pedindo a Deus que me ajude a cuidar melhor dessas pessoas, a zelar por nossa amizade e afeto. O pingente em meu colo parece aquecer.

De repente, percebo o olhar de Rafael sobre mim. Espio ao redor e confiro se não tem ninguém nos observando. Passo o dedo indicador lentamente no pescoço e depois aponto para ele. Rafael arregala os olhos e fica vermelho como um tomate! Depois, faz um sinal interrogativo com os ombros. Semicerro os olhos. Séria, aponto para Amanda com a cabeça. Ele abre um sorriso e faz cara de inocência.

Sei.

Fecho os olhos e continuo acompanhando a oração de vovó. Quando todos dizem "amém", pergunto se posso contar uma velha história, da mesma forma que vovô fazia. Vejo os olhos de mamãe brilhando, e papai faz um carinho em sua mão. Um alívio percorre todo o meu corpo ao vê-los assim. Vovó sorri e me encoraja.

— Prestem muita atenção no que vou contar agora — digo, com a voz baixa, mas carregada de emoção —, porque esta é a história do menino que mudou o mundo.

A ponte sem fim está pronta para receber novos viajantes. As estrelas mandam saudações, com a esperança de um novo encontro em breve.

AGRADECIMENTOS

Quando eu achei que nunca mais escreveria uma única linha de ficção, fui surpreendida pela história da Vicky. O Senhor me possibilitou viver momentos e situações que me conduziram à escrita desta história. A ele, o primeiro Criador que me permite co-criar, a minha profunda gratidão. O Senhor tem feito mais do que já sonhei, e não sei nem como agradecer. Obrigada, meu Pai.

À Remi, Leuni, Aline e Leomar, que sempre prestam atenção nas minhas ideias para histórias e no final dizem: "Muito legal, daria um filme!", mesmo quando a ideia nem é tão boa assim. Eu sei que não é fácil conviver com uma melancólica em processo de criação, por isso sou grata pelo encorajamento, paciência e compreensão.

O gênero de ficção cristã tem crescido e ocupado espaços cada vez maiores, inclusive na minha vida. Isso me alegra e me enche de temor. Eu creio que Deus já está fazendo e continuará a fazer coisas incríveis com essas histórias. Na jornada de escrever ficção cristã, encontrei amigas que me encorajam e inspiram. Elas são as minhas *Inklings*, com quem compartilho sonhos, medos e a administração do @ficcaocrista.br, no Instagram. Obrigada, Becca, Camila, Isa, Gabi, Noemi e Queren. Escrever na companhia de vocês é um privilégio.

Agradeço especialmente à minha querida Camila Antunes, que me auxiliou na edição do texto quando ainda planejava publicá-lo de forma independente. Nossa amizade sobreviveu às mudanças de ordem de capítulos, às reescritas de cenas inteiras, a um livro em inglês de edição e aos prazos ridículos que dei a ela. Hoje em dia uma página de marcações toda vermelha não é capaz de me causar calafrios. Me acostumei a elas. É uma honra poder chamar alguém tão talentosa de amiga e companheira de escrita. O trabalho de Camila é impecável e fez toda a diferença no resultado final do meu livro.

Agradeço também à Queren, que leu e me incentivou a apresentar o livro à Mundo Cristão, e à Becca, que me ajudou na elaboração do book proposal. Obrigada por acreditarem nesta história, até mesmo mais do que eu.

Sou grata à Isadora, que fez o primeiro processo de revisão. À Maria Araújo, Renata Aires, Camila Peixoto e Yasmim Carvalho, pela leitura beta.

Com todo o meu coração, eu agradeço a equipe da Mundo Cristão que tem cuidado do meu livro, em especial ao Daniel Faria e à Natália Custódio. Obrigada pelo carinho e dedicação. Vocês me inspiram muito, e cada mensagem que recebo de vocês me deixa emocionada.

E, por fim, agradeço aos meus leitores. Eu não seria escritora sem vocês. Obrigada aos que já me acompanham há anos, e aos que estão chegando agora. Vocês me motivam a continuar. Espero que olhar para o céu estrelado, após a leitura deste livro, os faça lembrar quão grande é o nosso Deus.

SOBRE A AUTORA

Pat Müller nasceu em 1991, no interior de Santa Catarina. É mestre em Ciências Ambientais e pós-graduanda em Escrita Criativa. Conheceu Jesus em 2012, por meio de um vendedor de roupas ambulante. Atualmente, serve no ministério de multimídia da sua igreja e escreve romances que expressam no papel um pouco do Amor que encontrou.

Compartilhe suas impressões de leitura,
mencionando o título da obra, pelo e-mail
opiniao-do-leitor@mundocristao.com.br
ou por nossas redes sociais

Esta obra foi composta com tipografia EB Garamond
e impresso em papel Chambril Avena 80g/m² na gráfica Eskenazi